Gefangen

Sira Rabe

– Erotik –

1. Auflage Oktober 2008
Titelbild: Roman Kasperski
www.romankasperski.de

Lektorat: Metalexis

ISBN: 978-3-86608-097-3

Hat Dir das Buch gefallen? Schreib uns Deine Meinung
unter: gelesen@ubooks.de

Möchtest Du über Neuheiten bei Ubooks informiert
bleiben? Einfach eine Email mit der Postadresse an:
katalog@ubooks.de

Ubooks-Verlag
Dieselstr. 1
86420 Diedorf

www.ubooks.de

Inhalt

Kapitel 1

Der Himmel hatte alle Schleusen geöffnet und entleerte seine vollen Stauseen. Ein ausgesprochenes Sauwetter! Überall standen tiefe Pfützen auf den Wegen und Delia fragte sich, welcher Teufel sie dazu verführt hatte, ausgerechnet heute einen Einkaufsbummel zu machen. Eigentlich überstiegen diese Ausgaben sowieso ihr Budget und sie wusste, dass es die pure Frustbekämpfung war.

Gerade eben sprangen flackernd die Straßenlaternen an und warfen Reflexionen auf die Wasserflächen, auf denen die herabfallenden Regentropfen dichte Kringel bildeten. Zögernd betrachtete Delia die Leuchtreklame des Ladens gegenüber. *Lovetoys for girls.* Sollte sie oder sollte sie nicht? Nun, wenn sie ein wenig Spaß haben wollte, dann *musste* sie wohl! Sie gab sich einen Ruck, tänzelte geschickt um die Pfützen herum und schüttelte unter dem Vordach stehend gründlich ihren pitschnassen Regenschirm aus, ehe sie eintrat.

Ein helles Glockenspiel, das durch den Luftzug beim Öffnen der Tür in Schwung gebracht wurde, kündigte ihren Besuch an. Sabrina hatte das richtige Feingefühl bewiesen, als sie ihr diesen Laden empfohlen hatte. Er wirkte übersichtlich, unaufdringlich, mit einer persönlichen Note. Überall hingen bunte Lichterketten und Girlanden an den Regalen und zauberten eine stimmungsvolle Atmosphäre. Die Decke war teilweise mit Spiegelkacheln verkleidet, teils dunkelblau gestrichen, und die darin eingelassenen Spots wirkten wie übergroße Sterne.

Delia stellte den Regenschirm in dem bereitstehenden Schirmständer neben der Tür ab und ließ ihren Blick schweifen. Schade, dass ihre beste Freundin ausgerechnet heute keine Zeit hatte. Da gab es einmal im Vierteljahr diese coole Einkaufsnacht, in der selbst die kleineren Geschäfte bis vierundzwanzig Uhr geöffnet hatten, und sie war nicht dabei.

Sabrina arbeitete als Stewardess. Der absolute Traumjob, den Delia auch gerne gelernt hätte. Aber ein paar kleine Mängel verhinderten, dass sie die Aufnahmeprüfung schaffte. Sabrina kam viel herum, hatte meistens zwischen Hin- und Rückflug genügend Zeit für eine ausgedehnte Stadttour und wusste inzwischen in allen ausländischen Flughafenstädten, wo es die interessantesten Geschäfte gab. Delia hatte ihr anfangs voller Neid zugehört, wenn sie davon erzählte. Davon und von ihren verschiedenen Liebhabern. Sabrina kannte keine Scham. Sie nannte zügellos Details und amüsierte sich königlich, wenn Delia dabei errötete und sich in spielerischem Entsetzen die Ohren zuhielt. Auf jeden Fall war Sabrina auf derartige Ausnahmeregelungen der Einkaufszeiten nicht angewiesen. Ihr boten sich genügend Gelegenheiten. Aber Delia hätte sie trotzdem gerne beratend dabeigehabt.

Im Gegensatz zu ihr kaufte Sabrina schon seit langer Zeit immer wieder mal Sexspielzeug, benutzte es als zusätzlichen Spaßfaktor beim gemeinsamen Sex mit ihrem Lover, hatte aber bislang erfolglos versucht, Delia davon zu überzeugen. Aber jetzt, da Delias Freund sie nach dreieinhalb Jahren wegen einer anderen sitzen gelassen hatte, hatte sie ihre Meinung geändert.

Ein neuer Mann? Nein. Jedenfalls vorläufig nicht. Sie musste erst mal wieder zu sich selbst finden. Aber die dauernde sexuelle Abstinenz machte sie unzufrieden. Sie brauchte mehr als simple Selbstbefriedigung. Also musste ein brauchbarer Ersatz her.

«Guten Tag. Kann ich Ihnen helfen?» Eine rothaarige Mittvierzigerin, perfekt geschminkt, in einem hautengen Kleid mit tiefem Dekolleté, tauchte neben Delia auf.

«Ja, ich glaube schon.»

Sabrinas Beschreibung der Geschäftsinhaberin war absolut zutreffend. Sie war sehr attraktiv, wirkte vertrauenswürdig, hatte eine warme, samtige Stimme.

«Ich möchte einen Vibrator kaufen, aber ich weiß noch nicht genau welchen. Eine Freundin von mir hat einen, der wie ein Delfin aussieht. Den finde ich echt schön ...»

Ihr Gegenüber zeigte Verständnis. «Sie suchen also etwas Besonderes. Kommen Sie mit, ich zeige Ihnen ein paar Modelle, die echt lustig aussehen und über ganz wunderbare Extras verfügen.»

Sie lächelte unaufdringlich und Delia entspannte sich ein wenig. «Ja, danke, das wäre nett von Ihnen.»

«Hm, hier, da hätten wir zum Beispiel Fritzchen. Es gibt ihn in zwei Ausführungen. Die einfachere Version vibriert in fünf Stufen, die exklusivere in acht und außerdem rotiert der Kopf. Es gibt ihn in quietschgrün, knallrot und kobaltblau.» Sie schaltete das Ansichtsexemplar ein und drückte es Delia in die Hand. «Spüren Sie, wie schön er vibriert, und streicheln Sie ruhig mal drüber. Fühlt sich die Oberfläche nicht unglaublich angenehm an?»

Delia nickte. Sie schloss ihre Finger um die gerundete Spitze, die sich weich in ihre Handfläche schmiegte. Die Vielfalt der Vibratoren, die zumeist kräftigen Farben, das teilweise sehr spaßige Design mit Dino- oder Delfinköpfen, das nichts mit einem natürlichen Penis gemeinsam hatte, mit oder ohne separaten Klitorisanimator, sowie die vielen anderen Raffinessen verwirrten sie – abgesehen von den Preisen, die ihr Konto in diesem Monat endgültig sprengen würden.

Das Glockenspiel signalisierte, dass jemand das Geschäft betreten hatte. Die Verkäuferin schaute prüfend um die Ecke des Regals Richtung Tür und sagte dann zu Delia: «Ah, es ist mein Schwager, er will etwas bei mir abholen. Ich hoffe, Sie kommen einen Augenblick alleine zurecht? Es wird nicht lange dauern.»

«Ja, natürlich. Danke für Ihre umfassende Beratung», erwiderte Delia freundlich. «Gehen Sie ruhig. Eigentlich bin ich im Moment knapp bei Kasse, deswegen muss ich noch ein wenig nachdenken, was ich nehme – aber ich will auf jeden Fall eins von diesen Dingern!»

Die Rothaarige nickte. «Melden Sie sich bitte, wenn Sie noch eine Frage haben. Ich führe Ihnen auch gerne noch etwas vor.» Dann ließ sie Delia alleine.

Wenig später hörte Delia sie leise mit einem Mann sprechen. Die Stimmen klangen angespannt, sie diskutierten irgendetwas, aber sie redeten zu leise, als dass Delia konkret verstand, um was es ging. Lediglich ein paar Wortfetzen drangen bis zu ihr vor.

Ärgerlich ... ausgerechnet heute ... nein ... nicht gut ... keine spontane Lösung ... schlecht fürs Image ...

Die Verkäuferin deutete auf die Deckenspiegel. Aufmerksam beobachtete der Mann, wie Delia sich vor dem Regal bewegte. Sie wiegte sich zur Musik aus den Lautsprechern in einer sanften, natürlichen Bewegung, völlig im Rhythmus, summte dabei vor sich hin. Sie war wohl ganz in Gedanken versunken und fühlte sich scheinbar unbeobachtet. Er schaute die Frau zustimmend an.

Schließlich entschied Delia sich für das Design mit dem blauen Delfinkopf, ein stromlinienförmiges, elegantes und zugleich lustiges Modell. Mit dem würde sie sicherlich Spaß haben und die Tristesse der einsamen Nächte vertreiben. Als sie um die Ecke des dicht gefüllten Regals bog, um zur Kasse zu gehen, bemerkte sie, dass die Inhaberin, die jetzt hinter dem Tresen stand, sich immer noch mit dem Mann unterhielt. Beide musterten sie derart penetrant, dass Delia sofort den Eindruck gewann, sie hätten von ihr gesprochen. Delia runzelte die Stirn. Sie legte die Schachtel mit dem Vibrator auf den Ladentisch.

Der Kleiderschrank-Typ räusperte sich. Er maß ungefähr einen Meter neunzig und war kräftig, muskulös, durchtrainiert und gut gekleidet. Sein Anzug war aus gutem Tuch und saß wie gegossen. Eine zarte Wolke von Sandelholz umgab ihn, die sein Eau de Toilette verströmte. Auf Delia wirkte er dennoch nicht wie ein ganz normaler Geschäftsmann, und so ganz falsch lag sie bei ihrer Annahme nicht, wie sich bald herausstellte.

«Entschuldigen Sie», sagte er mit einer leicht rauchigen, tiefen Stimme, «ich würde Sie gerne etwas fragen.»

Delia hob die Augenbrauen. «Ja, bitte?» Wahrscheinlich kam jetzt diese Haben-wir-uns-nicht-schon-mal-irgendwo-gesehen-Nummer? Darauf stand sie aber absolut nicht!

«Ich stecke gerade in einem Schlamassel – bitte erschrecken Sie nicht über meinen Vorschlag! Mir sind mehrere meiner Mitarbeiterinnen ausgefallen. Aufgrund des miesen Regenwetters greift wohl eine Grippewelle um sich. Jedenfalls liegen ein paar meiner Damen mit Fieber im Bett. Ich wollte Sie fragen, ob Sie sich vorstellen könnten, auszuhelfen. Ich habe Sie ein wenig beobachtet. Sie bewegen sich sehr gut zur Musik und Sie sind sehr attraktiv. Natürlich gegen eine gute Bezahlung.»

Vorsicht und Misstrauen rührten sich bei Delia. «Worum geht es? Soll ich etwa tanzen?»

«Nun, nicht direkt. Das ist es ja gerade. Erschrecken Sie bitte nicht. Der Job ist ein wenig anders, also hören Sie es sich bitte erst mal an. Vielleicht reizt es Sie aber, denn meine Schwägerin erzählte mir gerade, dass Sie unter Geldmangel leiden und einen Nebenverdienst gebrauchen könnten?» Nun, so ließ sich ihre Geldknappheit auch interpretieren. Delia wurde neugierig.

«Mein Name ist Max Koos. Ich führe in der Nähe ein Edelbordell und ...»

«Nein», unterbrach ihn Delia entrüstet. «Kommt gar nicht in Frage!»

«Warten Sie, lassen Sie ihn doch bitte ausreden. Es ist nicht so, wie Sie denken!», bat die Rothaarige.

Delia schnaubte ablehnend.

«Sehen Sie, unser Bordell heißt Sultan's und diesem Namen werden wir unter anderem dadurch gerecht, dass eine unserer Damen in Haremskleidung auf einem Podest angebunden wird, sozusagen als Sklavin. Manche Männer mögen das. Ein bisschen schauen und necken, die Hilflosigkeit der Sklavin ausnutzen, ohne dass jedoch wirklich etwas passiert! Heute am Freitag ist natürlich besonders viel los und eigentlich habe ich niemanden übrig, der das machen könnte. Wie gesagt, Krankheitswelle.» Er lächelte sie gewinnend an. «Jedenfalls müsste ich das Podest heute Nacht leer lassen oder eine der anderen Damen dafür einsetzen, aber die haben alle ihre Stammkunden und eigentlich keine Zeit, Sie verstehen?»

Delia rümpfte angewidert die Nase. In ihrem Blick lag die ganze Verachtung, die sie für Menschen wie Koos und ihren *Beruf* übrig hatte. «Und was hat das mit mir zu tun?»

«Nun, wie gesagt, Sie sind sehr attraktiv.» Er musterte sie ungeniert von oben nach unten und zurück. Ihm gefiel ihre natürliche Schönheit. Sie hatte eine reine, alabasterweiße Haut, wie man sie oftmals bei Rothaarigen findet, die einen guten Kontrast zu ihren kastanienbraunen, gelockten Haaren bildete. Vielleicht schimmerten diese im Sonnenlicht sogar in einem Rotstich, der ihre blasse Haut rechtfertigte. Ihre grünen Augen waren einzigartig. Ein kühles, klares Grün, von wenigen gelben Sprenkeln durchsetzt. Eine einzigartige Mischung.

Um seine Lippen spielte ein gewinnendes Lächeln. «Und ich dachte – nun vielleicht könnten Sie sich vorstellen, diese Podestnummer zu übernehmen? Nur dort stehen, sich ein wenig zur Musik bewegen. Ähnlich wie Sie es gerade hinter dem Regal getan haben. Keine Verpflichtung, mit einem der Männer ins Bett zu gehen.»

Was schlug er ihr da vor? Sie sollte ... Delia schwankte zwischen Empörung und Lachanfall. «Sie meinen – ich soll mich begaffen und dann auch noch anfassen lassen?» Sie brachte es mit wenigen Wort auf den Punkt: «Wie auf einem Sklavenmarkt zur Begutachtung? Kommt ja gar nicht in Frage!» Sie sah die Verkäuferin auffordernd an: «Kann ich jetzt bitte bezahlen?»

Doch Koos ließ nicht locker. Er betonte noch einmal die Harmlosigkeit dieses Jobs, nannte ihr den Preis pro Stunde und dass sie den Vibrator obendrein geschenkt bekäme. Sie würde doch nichts riskieren, dürfte es einfach ausprobieren. Im Zweifelsfall könne sie jederzeit aufhören und gehen. Kein Zwang, keine Verpflichtungen.

Delia war durchaus kontaktfreudig, Männer betreffend jedoch vergleichsweise schüchtern. Verlegenheit machte sich auf ihrem Gesicht breit. Sich von

Fremden befummeln und anstarren zu lassen, vermutlich mit fast nichts bekleidet, war fern jeglicher Vorstellung. Das kam höchstens mal in ihren Träumen vor, und selbst dann mochte sie kaum glauben, dass es *ihre* Fantasie gewesen war! Andererseits – es hörte sich nach leicht verdientem Geld an und der Preis überstieg bei weitem das, was sie in ihrem Job in einer Stunde verdiente. Sie könnte endlich ihrer Kollegin Dana zurückzahlen, was diese ihr vor zwei Monaten geliehen hatte.

Max Koos kam seine hervorragende Menschenkenntnis zu Hilfe. Einfühlsam schilderte er Delia, wie einfach diese Arbeit wäre und dass er sie vor Übergriffen, die über ein bloßes Anfassen hinausgingen, schützen würde. Er würde nicht mehr von ihr verlangen als das, was er ihr erzählt hatte.

Zehn Minuten später hatte er Delia so weit. Sie warf ihre Skrupel über den Haufen. Warum nicht einmal etwas tun, was jenseits ihrer Vorstellungskraft und ihres Anstandes lag? Ihr Herz klopfte bis zum Anschlag, aber sie war entschlossen, sich auf das Abenteuer ihres Lebens einzulassen. Denn verglichen mit ihrem geordneten, eintönigen, gesitteten Leben würde dies wahrhaftig ein Abenteuer sein, ein sprichwörtlicher *Sprung ins kalte Wasser.*

Kapitel 2

Die pastellgelb gestrichene Fassade wies erstaunlich dezent darauf hin, dass sich dahinter auf fünf Stockwerken ein Edelbordell befand. Ganz offensichtlich wussten die Männer, die sich in dieser Szene bewegten, auch so Bescheid. Ein beleuchtetes Schild direkt über dem Eingang, eine Leuchtreklame hoch oben am Haus, die auf eine Internetadresse hinwies, das war alles. Delia hatte etwas Spektakuläreres, Auffälligeres erwartet. Rote Gardinen oder leuchtende Herzen in den Fenstern, Lichterketten, flackernde Leuchtreklame überall.

Max schien ihre Gedanken zu erraten. Er zwinkerte ihr zu. «Sieht gar nicht nach dem aus, was es ist – nicht wahr?»

Delia nickte und schluckte trocken. Er schob den schweren roten Vorhang hinter der Eingangstür auf die Seite und ließ Delia an sich vorbeigehen. Das Foyer war die eigentliche Überraschung. Delia wusste nicht, was genau sie erwartet hatte, auf jeden Fall nicht den Eindruck eines mittelgroßen, exklusiven Hotels. Nur die Beleuchtung, die wesentlich schummriger ausfiel als in Hotels üblich und den Raum in eine warme angenehme Atmosphäre tauchte, ließ erahnen, dass es sich um etwas anderes handeln musste. Und die Wände, die in einem kräftigen Bordeauxrot gestrichen waren.

Dezente Instrumentalmusik berieselte den Raum. Direkt gegenüber dem Eingang gab es eine Empfangstheke, hinter der eine etwas füllige, aber durchaus attraktive Brünette ihnen freundlich zunickte.

«Hallo Emily», sagte Max zu ihr. «Ich habe Ersatz mitgebracht. Das ist Delia.»

«Hi», sagte Emily und nickte Delia freundlich zu.

«Für Delia werden auf keinen Fall Buchungen entgegengenommen. Bitte alle Kunden an eine andere Dame vermitteln. Delia wird nur auf dem Podest einspringen.»

Emily zeigte keine Gesichtsregung. «Schön», erwiderte sie trocken. «Dann ist es wenigstens nicht leer.» Das war ihr einziger Kommentar.

Beidseits der Theke führten Flure nach hinten, dann links eine Treppe nach unten, rechts eine nach oben. Koos nickte im Vorbeigehen einigen Kunden zu und ihrer Begleitung, allesamt leicht bekleidete Damen, die an der Bar saßen oder in einer der kleinen gemütlichen Sitzgruppen, die im Raum verteilt waren. Delia bewunderte im Stillen die seidigen Stoffe, mit Goldfäden durchwirkt, hauchzart und fast transparent. Die Frauen erschienen ihr viel schöner und wohl proportionierter, als sie sich selbst einschätzte. Ihnen stand diese hauchdünne Kleidung, die ihnen etwas Feenhaftes verlieh und ihre Reize noch besser zur Geltung brachte, als wenn sie völlig nackt gewesen wären.

Delia hatte Angst, dass ihr vor Scham die Röte ins Gesicht steigen würde. Als Martin eines Tages vorgeschlagen hatte, gemeinsam in die Sauna zu gehen, hatte sie verlegen abgelehnt, und nun? Sie musste übergeschnappt sein, dass sie sich darauf einlassen wollte. In wenigen Minuten würde sie kaum mehr auf der Haut tragen als die anderen Frauen dieses Etablissements.

Koos ging flott voraus, einen Gang entlang, der über eine Leiste knapp unter der Decke indirekt beleuchtet war. Delia blieb kaum Zeit, sich umzuschauen und alles bewusst in sich aufzunehmen.

In dem hell ausgeleuchteten Raum, den sie betraten, waren rundum Spiegel angebracht, davor jeweils eine Ablage mit einem Durcheinander von Schminkutensilien und ein Stuhl. Die beiden Frauen, die dabei waren, sich gegenseitig die Haare zu frisieren, schauten auf. Eine Dritte wurde von einem Mann bedient, offenbar einem professionellen Friseur, der ihre Haare zu einer kunstvollen Hochfrisur hochsteckte.

«Hallo Max», sagten sie alle fast synchron und schauten Delia neugierig an.

«Hallo zusammen», erwiderte er. «Julio, ich brauche deine Hilfe. Das ist Delia.» Dann erklärte er mit wenigen Worten, dass Delia im Foyer einspringen würde und dass sie entsprechend hergerichtet werden müsste, sobald er Zeit für sie hätte. Julio nickte und zeigte dabei eine makellose Reihe strahlend weißer Zähne.

Max Koos nahm einen Morgenmantel von einem Bügel an der Wand und reichte ihn Delia. «Hier, zieh dich aus und das hier über, bis Mona kommt und dir deine Kleidung bringt.»

Zögernd fragte sie leise: «Alles?»

Koos nickte. Er erwiderte ebenso leise: «Mach dir nicht so viele Gedanken. Die Zeit ist schneller herum, als du dir vorstellen kannst, und es wird bestimmt ganz harmlos!»

Delias Lächeln wirkte gequält. Sie sah ihm hinterher, als er den Raum verließ. Dann streifte ihr Blick die anderen, die sie aber bereits nicht mehr beachteten, sondern sich wieder geschäftig ihren Tätigkeiten zugewandt hatten und dabei ungezwungen plauderten.

Während Delia sich auszog und in den Morgenmantel hüllte, verließen die beiden Frauen den Raum. Julio legte gerade noch den letzten Schliff an die Frisur der dritten Frau, dann war auch diese fertig und ging hinaus. Andere Frauen kamen herein und nahmen vor einem der Frisiertische Platz. Sie nickten Delia nur zu und unterhielten sich leise miteinander. Offensichtlich waren neue Gesichter in diesem Haus nichts allzu Besonderes.

Die folgenden fünfzehn Minuten vergingen mit Schminken und Frisieren. Julios ganze Aufmerksamkeit galt Delia und er verstand sein Handwerk. Er arbeitete konzentriert und schnell. Er bat sie, den Morgenmantel auszuziehen, und für einen Augenblick genierte sie sich. Dann überwand sie ihre Scham. Bald würde sie noch viel mehr betrachtet werden, von Männern, die ihren Körper sicherlich mit mehr Begierde mustern würden als der Friseur.

Julio musterte sie verstohlen im Spiegelbild, während er ihr erläuterte, was er vorhatte. Sie würde eine Bereicherung darstellen, hatte eine natürliche Schönheit, nichts Aufgesetztes, nichts Künstliches an sich. Er trug auf ihr Gesicht, Hals, Dekolleté und Arme eine Lotion auf, die feinen Goldstaub enthielt und einen zarten Glanz auf Delias Haut zauberte.

Ihre Haare hatte er toupiert und nach oben frisiert, was Delias Gesicht noch mehr streckte und schlanker machte, als es ohnedies war. Ihre Wangenknochen waren durch Rouge betont, die Augen stärker geschminkt, als Delias es selbst gemacht hätte, mit blaugrünem Lidschatten und einem kräftigen Kajalstrich, mit einer Betonung nach außen, was ihren grünen Augen einen katzenartigen Ausdruck verlieh.

Er erklärte, dass bei der am Podest eher grellen Beleuchtung ein kräftigeres Make-up von Vorteil wäre.

Julios zwangloses Plaudern wirkte auf Delia beruhigend. Dies änderte sich schlagartig, als eine attraktive Mittvierzigerin eintrat, in einen eleganten Hosenanzug gekleidet, mit einem Bündel durchsichtiger Stoffe über dem Arm, und sich als Mona, Max' Frau vorstellte. Sie sei gekommen, um Delia einzukleiden und auf ihre Arbeit vorzubereiten. Sie breitete die Stoffe über einem Stuhl aus.

Für einen Augenblick erschrak Delia und spielte mit dem Gedanken, das Ganze abzublasen und zu gehen, als sie sah, was sie tragen würde. *Es ist nicht mehr als eine durchsichtige Gardine,* dachte sie schaudernd. Wenn nur nicht das verfluchte Geld gewesen wäre, das sie dringend gebrauchen konnte – und der Reiz des Unbekannten.

Ähnlich wie Max verfügte auch Mona über eine ausgezeichnete Menschenkenntnis, die man in diesem Metier auch unbedingt brauchte. Sie fand die Beschreibung ihres Mannes bestätigt, der Delia als scheu und unschuldig, gleichzeitig aber sehr fraulich beschrieben hatte. Es stimmte, Delia hatte ein hübsches Gesicht mit einer schlanken Nase und schön geschwungenen Lippen. Ihre grün schimmernden Augen verliehen ihr einen geheimnisvollen Blick. Sie war schlank, hatte wohl geformte Brüste und einen knackigen, runden Po. Um es mit nur einem Wort auszudrücken, sie war: sexy. Julio hatte sich selbst übertroffen und Delias Persönlichkeit vorteilhaft betont.

«Schau jetzt nicht mehr in den Spiegel. Schließ die Augen und lass dich vom Ergebnis überraschen.» Delia schaute Mona verblüfft an, dann befolgte sie ihre Anweisung und schloss die Augen.

Es war ein merkwürdiges Gefühl, sich in die Kleidungsstücke helfen zu lassen, zu spüren, wie Mona und Julio sie fast überall berührten. Der federleichte Stoff umschmeichelte ihre Haut, schmiegte sich wie statisch aufgeladen an sie, hüllte sie kaum ein und gab ihr doch das Gefühl, ein wenig bedeckt zu sein. Sie wurde hin und her gedreht, ihr Arm angehoben, dann der andere, ein Kleidungsstück übergestreift, dann ging es bei den Beinen weiter. Es wurde gezupft, zurechtgerückt, geprüft und endlich, Delia war sich schon recht merkwürdig vorgekommen, wie eine Art lebendige Schaufensterpuppe, war es soweit.

Monas wohl klingende Stimme forderte sie auf, die Lider zu öffnen. Ein wenig benommen blinzelte Delia in den Spiegel und traute ihren Augen kaum. Die Frau, die ihr Spiegelbild sein sollte, war ihr völlig fremd. Sie drehte und wendete sich, um sich von allen Seiten zu betrachten. Doch, sie selbst musste es sein, wenngleich sie eine solche Verwandlung nicht erwartet hatte. Niemand, nicht einmal ihre beste Freundin, würde sie in diesem Aufzug wiedererkennen.

Die hauchdünnen Schleier in Weiß und Lindgrün, die als weit geschnittene Röhren locker ihre Arme und Beine umhüllten, waren so fein und transparent, dass sie meinte, diese müssten jeden Augenblick zerreißen. Verbunden mit dem knappen Spitzenslip, der kaum ihren Venushügel und ihren Po bedeckte, wirkten die Beinlinge wie die sparsame Ausführung einer Pluderhose.

Fremd und ausdrucksvoll blickten Delias Augen zwischen den kräftig getuschten Wimpern über den schmalen Schleier hinweg, der mit Perlenketten in ihren Haaren befestigt war, über Nase und Mund bis zum Kinn herabhing. Ihre dunkelrot geschminkten Lippen zeigten durch ihn hindurch ein erstauntes und sinnliches Lächeln.

Mehrreihige Perlenketten um ihren Hals, um Hand- und Fußgelenke, verstärkten den Eindruck, einer herausgeputzten Sklavin gegenüberzustehen, vielleicht der Lieblingsfrau eines Sultans. Nicht umsonst sollte sie das Motto des Hauses verkörpern und als Sklavin angeboten werden. Die kleinen, an den Ketten befestigten Strasssteine und anderer Tand klimperten bei jeder Bewegung.

Das Einzige, was Delia an ihrer spärlichen Bekleidung störte, war die äußerst knappe Büstenhebe aus derselben lindgrünen Spitze wie der Slip, die ihre Brustwarzen keineswegs bedeckte, sondern eher noch betonte. Irritiert stellte sie fest, dass diese erwartungsvoll hervorstanden.

Mona ließ ihr keine Zeit, länger darüber nachzudenken. Für sie war alles vorläufig normal. Aufmerksam hatte sie Delias Reaktion verfolgt und war zufrieden, dass sie sich ganz offensichtlich selbst gefiel.

Es klopfte, und ohne ein «Herein» abzuwarten trat Max ein. Er gab Delia ein Zeichen, sich vor ihm zu drehen, und sie folgte lächelnd seiner Aufforderung. Er nickte zufrieden.

«Gut schaust du aus! Kommt, lasst uns ins Büro gehen und alles Weitere besprechen.»

Auf dem kleinen Besprechungstisch standen ein paar Gläser und eine gekühlte Flasche Prosecco bereit. Max schenkte ein und reichte erst Delia, dann Mona ein Glas und stieß mit ihnen an.

«Einen guten Einstand und auf unsere künftige Zusammenarbeit!»

Delia nickte. Sie musste den Schleier heben, um zu trinken, und fand die gesamte Prozedur ein wenig übertrieben, denn sie war fest entschlossen, diese Sache nur ein einziges Mal zu machen, sagte aber nichts dazu. Max jedoch wollte nichts unversucht lassen, Delia den Aufenthalt so angenehm und interessant wie möglich zu gestalten. Wenn sie bei Antritt ihrer Arbeit einen kleinen Schwips hätte, wäre dies sicherlich mehr nützlich als hinderlich.

Der Sekt entspannte Delia tatsächlich bald. Mona und Max erzählten ihr währenddessen ein wenig über die Räumlichkeiten und die Kundschaft ihres Etablissements. Außer dem Empfang befanden sich im Erdgeschoss eine

Bar und eine Lounge mit gemütlichen Sitzecken, wo die Kunden sich mit den Damen verabredeten, ersten Kontakt aufnahmen, sich unterhielten und tranken, meistens teuren Champagner. Bei der Lounge befand sich auch eine kleine Bühne, auf der Tänzerinnen kleine Showeinlagen oder Striptease zeigten oder für die Gäste ab und an Karaoke veranstaltet wurde.

Das Podest, auf dem Delia stehen sollte, befand sich dagegen auf der gegenüberliegenden Seite des Foyers im Bereich der Bar. Es maß ungefähr eineinhalb Meter im Durchmesser, war gut dreißig Zentimeter hoch. Offensichtlich war es eine feste Installation, denn zwei Stangen, an denen sich in unterschiedlicher Höhe metallene Ösen befanden, reichten vom Podest bis zur Decke.

Eine Trennwand mit vielen Durchbrüchen grenzte den Barraum vom übrigen Foyer ab. Die Beleuchtung war gedämpfter als im übrigen Raum, nur das Podest war mit mehreren Strahlern in Szene gesetzt. Ansonsten befand sich im Erdgeschoss nur noch der Raum der Security-Leute und Max' Manager-Büro.

Treppen und ein Aufzug führten zu den anderen Etagen. Die meisten der Zimmer waren an die Prostituierten vermietet. Sie zahlten Max Koos einen festen Tagessatz. Dafür wurden die Zimmer täglich gereinigt, Bettlaken und Handtücher zur Verfügung gestellt. In drei Schichten arbeiteten jeweils ein Koch und ein Hausmeister und sorgten dafür, dass alles am Laufen blieb und die Damen sich wohl fühlten. Den Preis für ihre Dienste handelten sie selbstständig mit dem Kunden aus und rechneten direkt mit ihm ab. Koos verdiente an der Zimmervermietung und am Eintrittspreis, den die Kunden entrichten mussten und in dem lediglich ein Aperitif enthalten war. So verhinderte er ein unnötiges Kommen und Gehen nicht wirklich interessierter oder nicht ausreichend betuchter Männer.

Anfangs hatte Koos viel Geld in die Einrichtung investiert, was sich längst ausgezahlt hatte. Außer den normalen Zimmern, die mit einem großen Bett, Tisch, Stuhl, eventuell einer Kommode oder Deckenspiegeln ausgestattet waren, gab es auch einige exklusivere Räume, die, dem Namen des Edelbordells gerecht werdend, im orientalischen Stil eingerichtet waren. Ein in Zimmermitte stehendes Bett mit Baldachin, bunte Perserteppiche und schwere Vorhänge, Kissen aus orientalischen Stoffen, dazu passende Leuchter in Eisenoptik, vergoldete oder marmorierte Säulen, in großen Ornamenten tapezierte oder mit Illusionsmalerei geschmückte Wände ließen exotische

Träume wahr werden. Darüber hinaus befanden sich im Haus noch ein paar Extras wie Whirlpoolzimmer, Massageräume und im Souterrain mehrere Zimmer mit Spezialausstattung, auch ein Dominastudio für Männer mit devoten, masochistischen Wünschen.

Im fünften Stock gab es eine Sauna und einen Aufenthaltsraum mit angeschlossener Küche, der nur den Damen zugänglich war. *Schade*, dachte Delia, *dort werde ich mich wohl niemals entspannen.*

Die Gnadenfrist war abgelaufen, die Gläser geleert und sie hatten genug geplaudert, um Delia einen Eindruck vom Haus zu vermitteln. Max nickte Mona unmerklich zu. Sie erhob sich und bat Delia freundlich, aufzustehen und ihr zu folgen.

Zwei Stunden lang stand Delia nun schon im Foyer, die Arme locker zur Seite ausgestreckt. Ketten verbanden die weißen Handgelenksfesseln, die Mona ihr angelegt hatte, mit den beiden Stangen. Die meiste Zeit hielt Delia sich an den Stangen fest. Ihre Beine standen leicht gegrätscht und waren an Ösen auf dem Podest angekettet. Um ihren Hals trug sie ein breites Halsband aus transparentem Kunststoff, mit kleinen grünen Steinen verziert, die im Licht der Spots funkelten. Über zwei Ketten war es ebenfalls mit den Stangen verbunden und schränkte ihren Bewegungsspielraum zusätzlich ein.

Am liebsten hätte Delia vor Scham und Entsetzen laut aufgeschrieen, als sie sich bewusst wurde, dass es nun endgültig kein Zurück mehr gab und auf was sie sich eingelassen hatte. Max hatte ihr zur Beruhigung ein weiteres Glas Sekt eingeflößt, und davon war sie noch eine Zeit lang benebelt genug gewesen, um die ersten eindeutigen Blicke der Männer zu ertragen. Mittlerweile war die Wirkung des Alkohols jedoch verflogen.

Immer wieder mal war Max oder Mona vorbeigekommen, hatte ihr Mut machend zugezwinkert oder sie leise gelobt, wie gut sie ihre Rolle verkörpere. Delia empfand den Zuspruch einerseits als wohltuend, andererseits als zynisch. Welche Rolle spielte sie denn überhaupt? Sie konnte den Händen, die sie betatschten, nicht ausweichen, war der Lückenbüßer für die Wartenden oder die, die sich noch nicht für eine der Damen entschieden hatten, einfach nur ein wenig Abwechslung und Zerstreuung suchten.

Es war nur wenig tröstlich, ihre Mimik durch den Schleier notdürftig versteckt zu wissen, sich hinter der trügerischen Anonymität eines Stückchens Stoff wie hinter einer dunklen Sonnenbrille sicherer und unbeobachteter zu fühlen. Insgesamt fiel es ihr schwer, unglaublich schwer, die Situation zu ertragen, und sie verfluchte mehr als einmal den Satan des Geldes, der sie dazu gebracht hatte, sich von Max dazu überreden zu lassen.

Die meisten Männer betrachteten sie mit frivolem Blick und sie hörte, wie einige zur Theke gingen, um sie zu buchen, und mit wenig Verständnis zur Kenntnis nahmen, dass dies nicht möglich sei. Genau dies forderte sie erst recht dazu heraus, sich Delia zu nähern und sie lüstern zu umarmen, ihr einen Kuss aufzuzwingen, ihr auf den Po zu klatschen oder ihre Brustwarzen zu befingern. Es störte sie nicht, dass Delia dies ohne Begeisterung hinnahm, ihnen auszuweichen versuchte und ihre Miene Abscheu ausdrückte. Es war ihnen egal, ob sie die zickige Prüde spielte oder ihre Abwehr echt war. Im Gegenteil, sie lachten laut über die Sklavin, die schon noch lernen würde, welche Bestimmung sie erwartete.

Iwan, der Türsteher, hatte die Anweisung, erst einzugreifen, wenn es zu sexuellen Handlungen käme. Amüsiert beobachtete er Delias Abwehrreaktionen.

«Hey, gib sie mir mit, diese widerspenstige Sklavin, dann werde ich sie zureiten und ihr zeigen, was ihre Aufgabe ist!», rief einer der Männer ordinär zu Iwan hinüber, ehe er die rot beleuchtete Treppe nach unten verschwand. Iwan grinste breit.

Delia wurde beinahe übel, wenn sie daran dachte, dass sie sich in einem Bordell befand und sie die einzige Frau war, die hier nicht gevögelt wurde. Wäre es denkbar, dass man sie verschwinden ließ und dazu zwang? Niemand wusste, wo sie diese Nacht verbrachte. Offensichtlich wirkte sie sexy auf die Männer. Sie wusste, dass sie eine gute Figur hatte und schöne Brüste, aber so unverfroren wie hier war sie noch nie angestarrt worden. Natürlich lief sie sonst auch nicht halbnackt durch die Stadt, aber trotzdem –!

«Hallo! Schau nicht so ernst! Ich glaube, du brauchst eine Pause!» Max befreite sie von den Fesseln und nahm sie mit in sein Büro. Ein weiteres Glas Sekt und ein wenig Unterhaltung würden Delia entspannen.

Er betrachtete sie, wie sie mit damenhaft übereinander geschlagenen Beinen im Sessel saß, aufrecht, ohne sich anzulehnen. Der weich fließende Stoff, der in hauchzarter Transparenz ihre Figur umschmeichelte, machte aus ihr die personifizierte Verführung. Für einen Moment spielte er mit dem Gedanken, sie betrunken zu machen und Iwan zu überlassen. Er war darin geübt, unerfahrene, aber letztlich doch willige Frauen in beliebte Techniken einzuweisen, und hatte früher als Zuhälter gearbeitet. Dann verwarf Max die Idee wieder. Es wäre falsch. Er wollte nichts Illegales tun.

Allmählich wirkten Sekt und Müdigkeit. Delia blieb selten so lange auf. Inzwischen war es zwei Uhr nachts, wie ihr die gegenüber an der Wand aufgestellte antike Pendeluhr verriet. Sie gähnte verhalten.

Max brachte sie zurück und kettete sie wieder an. Er lobte sie noch einmal, dann ließ er sie alleine.

Im Moment war es ein wenig ruhiger geworden. Alle Männer waren untergekommen und die Bar leer. Delia war froh, dass ihr Körper mal eine Zeit lang keinen weiteren Angriffen ausgesetzt war. Gewiss, es war nichts Schlimmes passiert, darauf hatte ja auch Iwan zu achten, obwohl sie bezweifelte, dass er diese Aufgabe besonders ernst nahm. Einige Männer hatten sie betatscht, ihre Brustwarzen befummelt und ihr auf den Hintern geklatscht. Sie hatten versucht, sie mit ordinären Wortspielereien geil zu machen. Delia mochte diese Sorte von Wörtern nicht, aber sie konnte darüber hinweghören.

Ein paar der Männer waren jedoch abstoßend gewesen. Sie sahen reich aus, sehr reich. Delia konnte das Geld buchstäblich riechen, so sehr stanken sie nach Geld. Aber vor allem auch nach Geilheit, nach niedriger Geilheit, einer sogar nach Schweiß. Sie hatte den Ekel heruntergeschluckt und verkrampft gelächelt.

Mit müden Augen sah sie sich um. Die Einrichtung war geschmackvoller und luxuriöser, als sie erwartet hatte. Die aufgestellten Bronzefiguren, die Helden und Göttinnen der Antike darstellten, und die an den Wänden hängenden Gemälde mit Motiven des Impressionismus zeugten von Stil und guter Auswahl.

In der Sitzgruppe in Delias Nähe lümmelte jetzt ein Gast mit einer recht jungen Frau. Für ihn viel zu jung. Seine Kleidung, Uhr und zwei Ringe bezeugten einen gewissen Wohlstand. Ab und an lachte die Frau ein wenig zu schrill und künstlich zu dem auf, was er ihr angeregt erzählte. Seine Hand war unter ihren Rock geschoben, und sie bewegte sich rhythmisch vor und zurück, als ob sie auf seinen Fingern reiten würde. Delia nahm nur Fetzen davon wahr. Erneut gähnte sie, drehte ihren Kopf, um sich mehr umzusehen. Aber mehr war im Augenblick nicht los. Ihr Kopf zuckte hoch. So musste es sein, wenn man durch Übermüdung während einer Autofahrt in den Sekundenschlaf verfiel! Sie riss die Augen auf, aber kurz darauf verschleierte sich erneut ihr Blick und sie dämmerte weg. Ein Regal voller Spielsachen für Erwachsene erschien vor ihren Augen, ihre Hand griff danach, aber immer, wenn sie eine der bunten Packungen aus dem Fach nehmen und näher betrachten wollte, langte ihre Hand daneben ...

«Ist alles in Ordnung mit dir?»

Der Traum riss ab und der Schall von Max' Stimme dröhnte überlaut in ihrem Ohr.

«Ja, ich – ich denke schon», stammelte Delia mühsam. «Mein Kreislauf macht ein bisschen Probleme. Für einen Augenblick hatte ich das Gefühl, mir wird gleich schwarz vor den Augen.»

Max nickte. «Dachte ich mir schon. Du siehst kalkweiß aus. Komm mit und trink einen Kaffee.» Er machte sie los und fasste sie sicherheitshalber unter den Arm, bis sie in seinem Büro angelangt waren. Dann reichte er ihr eine Tasse heißen Kaffee aus seiner Thermoskanne.

«Danke, das tut gut.»

«Willst du aufhören?»

«Nein, nein, es geht schon. Die letzten zwei Stunden halte ich auch noch durch.»

«Okay.» Max setzte sich ihr gegenüber und zündete sich eine Zigarette an. Er blies den Rauch zur Decke, schaute Delia überlegend an.

«Ist was?»

«Wie man es nimmt. Ich weiß, du hast noch nie als Hure gearbeitet und willst es auch nicht versuchen. Verstehe ich. Wenn man einen ordentlichen bürgerlichen Beruf hat ...» Er beugte sich vor und lehnte sich mit den Unterarmen auf dem Tisch auf.

«Aber?», fragte Delia. «Du willst doch auf irgendetwas hinaus. Spuck's aus!»

Er grinste.

«Ich hätte nicht gedacht, dass du so direkt zur Sache kommst. Nun – heute Abend haben schon ein paar Stammkunden nach dir gefragt.»

«Nein!» Delias Widerspruch kam prompt und klang sehr entschieden. In ihren Augen spiegelte sich Entsetzen.

Max bohrte nicht weiter nach. «Schade. Nimm es mir nicht übel. Aber ich wollte dich wenigstens noch mal fragen.»

Es hatte keinen Sinn, wenn sie nicht wollte. Es war wohl besser, es nicht zu erzwingen.

Als Delia ihren Kaffee ausgetrunken hatte, brachte er sie ins Foyer zurück. Inzwischen war wieder mehr los. Einige Kunden suchten Unterhaltung. Ihre Stammhuren waren noch nicht frei. Sie lebten ihre Langeweile und ihren Übermut an Delia aus. Begrapschten ihre Titten, kitzelten sie, bis sie fast atemlos war, drangen ungeniert mit den Fingern in ihren Slip ein und rieben ihre Klitoris. Vergeblich war ihr abwehrendes «Nein, nein, bitte nicht!». Die Männer lachten nur und stachelten sich gegenseitig an. «Ja, zeig's ihr!»

Delias Müdigkeit war völlig verflogen. Sie wand sich, zerrte hilflos an ihren Fesseln und hätte am liebsten geweint, wenn es nicht so überaus peinlich gewesen wäre. Verzweifelt biss sie sich auf die Unterlippe, um sich nicht weiterhin mit ihrem Gejammer zum Gespött zu machen. Die Minuten schienen nicht zu vergehen. Wo war nur Iwan? Warum half ihr denn keiner? Sie starrte an die Decke, an den Männern vorbei, die sich fürstlich zu amüsieren schienen, ihre nassen Küsse auf ihrem Hals und Dekolleté hinterließen. Die Berührungen ihrer Hände brannten wie Feuer auf Delias Haut. Sie verspürte ein dringendes Verlangen, sich zu waschen. Dann endlich, nach einer halben Ewigkeit, schritt endlich Iwan ein und bat die Männer von ihr abzulassen.

Sie war todmüde und erschöpft, als sie ihren Job erfüllt hatte und Max ihr das Geld aushändigte. Er gab ihr eine Visitenkarte und sagte, sie könne jederzeit wieder für ihn arbeiten, auch öfter, gerne auch an den Samstagen. Aber sie schüttelte den Kopf und meinte, eine Nacht würde ihr reichen. Sie könne sich eine Wiederholung im Augenblick nicht vorstellen.

Kapitel 3

Als Delia nach Hause kam, war sie einerseits müde, andererseits völlig überdreht. Das Bedürfnis nach einer erfrischenden Dusche war immer noch vorhanden, doch noch mehr verlangte ihr Körper, der von den häufigen sexuellen Angriffen überreizt war, nach Befriedigung. Sie packte ihre Einkäufe aus, öffnete die Verpackung des Vibrators und legte die beigelegten Batterien ein.

Dann zog sie sich aus und stellte sich vor ihren großen Schlafzimmerspiegel. Nicht übel, Mädel, dachte sie zufrieden. Das schummrige Licht der Nachttischlampe beleuchtete sie von hinten, gab ihrem Körper eine helle Silhouette.

Delia tupfte ein paar Tropfen des Gleitmittels, das sie mit dem Vibrator geschenkt bekommen hatte, auf ihre Finger. Sie schmierte den Vibrator sorgfältig ein und verteilte den Rest auf ihren Brustwarzen. Sie seufzte leise und beobachtete sich dabei, wie der blaue Delfinkopf langsam in ihrer Spalte verschwand. Dann stellte sie den Vibrator an und klemmte die Beine zusammen, um ihn am Herausrutschen zu hindern. Ihre Schenkel bebten und sie wand sich vor Lust. Sie rieb über ihre Nippel, die mit einer Mischung aus Schmerz und Lust reagierten.

Dann dachte sie ungewollt an die Männer, die sie lüstern betrachtet und angefasst hatten. Es erschien ihr unwirklich und doch wusste sie, dass es geschehen war. Sie hatte wissentlich zugelassen, von Fremden angefasst zu werden, gierig, unsittlich. Sie stöhnte. Wie konnte sie nur? Es war ihr, als ruhten tausend lüsterne Augen auf ihrem Körper, während sie sich im Spiegel betrachtete und zuschaute, wie sie mit einer Hand ihre Brust streichelte, mit der anderen den Vibrator zwischen ihren Schamlippen versenkte. Und dann geschah es, ihre Vagina zuckte unter den Schwingungen des Vibrators, sie packte ihn fester, zog ihn heraus und stieß ihn wieder hinein, fiel stöhnend auf die Knie, wälzte sich am Boden und blieb schließlich zuckend und quietschend auf der Seite liegen.

Benommen setzte sie sich auf und begann zu kichern. Sie zog den Delfin heraus und schaute ihn an. «Na, du bist mir ja einer!» Für einen Moment hatte sie fast vergessen, was sie in dieser Nacht noch erlebt hatte. Zufrieden kroch sie ins Bett und wickelte sich in ihre Decke.

Nachdem Sabrina wie üblich voller Elan von ihrem letzten Flug berichtet hatte, verstummte sie plötzlich und schaute ihrer Freundin prüfend ins Gesicht.

«Da rede ich und rede und rede, dabei gibt es irgendetwas, das du mir erzählen möchtest!»

Delia verschluckte sich beinahe vor Schreck. Sie hustete hinter vorgehaltener Hand, dann trank sie ein paar Schluck Kaffee, ehe sie antwortete. «Wie kommst du denn darauf? Sag mir lieber, was dein neuer Lover, der Co-Captain macht.»

Ein breites Grinsen war die Antwort. Sabrina und Delia kannten sich seit ihrem ersten Schultag. Der Zufall hatte es gewollt, dass sie nebeneinander saßen, von der ersten Stunde an Freundinnen waren und ihre gesamte Schulzeit bis zum Abitur miteinander verbrachten. Niemand kannte ihre Gedanken, ihre Wünsche, ihre intimsten Geheimnisse so wie die andere. *Geheimnisse?* Genau das war der springende Punkt. Es gab keine Geheimnisse! Die Gedanken der einen waren auch die Gedanken der anderen.

«Das mit Kevin ist schon wieder vorbei. Also erzähl, was geht ab?»

Noch einmal versuchte Delia abzulenken. «Nein, es ist nichts. Du weißt doch, im Gegensatz zu dir führe ich ein absolut unspektakuläres, biederes Dasein ...»

Sabrinas schallendes Lachen unterbrach sie. «Ja, ja, das kannst du jemand anderem weismachen. Wieso scharrst du dann dauernd mit den Füßen auf dem Boden, knabberst auf deiner armen Unterlippe herum und spielst mit dem Kaffeelöffel?»

Delia seufzte vorwurfsvoll. «Dir kann man aber auch gar nichts vormachen!» Sie legte den Löffel auf den Unterteller und begann ersatzweise den silbernen Ring an ihrer linken Hand zu drehen.

Ihre Freundin ließ nicht locker. Sabrina schob ihren Teller auf die Seite, stützte sich mit den Ellenbogen auf dem Tisch ab, beugte sich ein wenig vor und forderte unnachgiebig: «Nun sag schon! Hast du einen neuen Freund oder was ist los?»

Schon nach der ersten Umarmung an der Wohnungstür hatten ihr ihre sensiblen Antennen verraten, dass etwas in der Luft lag. Es waren nur Kleinigkeiten. Aber das genügte als Hinweis. Die sonst so penibel aufgeräumte Wohnung zeigte ein wenig Unordentlichkeit und Delias Bewegungen waren – nun sie hätte es nicht in Worte fassen können, was an ihnen anders war. Aber da war etwas. Weniger Steifheit, ein wenig geschmeidiger, lockerer. Sie würde ihr die Chance geben, von alleine mit ihren Neuigkeiten herauszurücken. Delia brauchte immer ein wenig Aufschub. Sabrina war für Spontaneität zuständig, Delia für Beständigkeit.

Aber nun hatte sie ihr genügend Zeit gegeben und wollte endlich wissen, was während ihrer zehntägigen Abwesenheit geschehen war. «Also?», wiederholte sie beharrlich.

Delia ergab sich. Ein wenig stockend und mit hochroten Ohren begann sie von ihrem Erlebnis an jenem denkwürdigen Freitagabend zu erzählen. Wie sie bei *Lovetoys for girls* hineingegangen war, von Max Koos angesprochen wurde, bis hin zu ihrer besonderen nächtlichen Rolle.

«Du hast was gemacht?» Sabrinas Stimme kreischte laut auf, überschlug sich aus einer Mischung von Empörung und Belustigung. «Du? Ausgerechnet du?» Sie fing haltlos an zu lachen, ihr Körper bebte, Tränen der Belustigung liefen ihr aus den Augenwinkeln und es dauerte geraume Zeit, bis sie sich beruhigt hatte.

Delia saß ihr mit tomatenartigem Kopf gegenüber. Sie schämte sich für das, was sie getan hatte. Bereits als sie am nächsten Morgen aufgewacht war, hoffte sie inständig, es wäre nur ein eigenartiger Traum gewesen. Sie fühlte sich, als ob sie einen Kater vom Alkohol hätte. Wie unter Zwang hatte sie an diesem Tag fünfmal geduscht, um den schändlichen Schmutz der Nacht von ihrem Körper zu waschen.

Aber es nützte alles nichts. Der Blick in ihren Geldbeutel bestätigte ihre Befürchtung. Sie hatte es wirklich gemacht!

Jetzt, gut eine Woche nach ihrem nächtlichen Nebenjob, saß sie mit Sabrina in ihrer gemütlichen Wohnküche beim Brunch und beichtete ihr alles. Es war gut, mit jemandem darüber zu reden. Sonst würde sie noch platzen. Es kam aber ohnehin niemand sonst dafür in Frage – außer Sabrina, die weltoffen, unkompliziert und vor allem verschwiegen war.

«Und? Hat es dir gefallen? Gehst du nächsten Freitag wieder hin?» Sabrinas Augen funkelten animalisch.

«Nein!» Empört richtete Delia sich auf. «Auf gar keinen Fall!»

Sie hatte ihre Schulden bezahlt und sich vorgenommen, künftig besser mit ihrem Geld zu haushalten. Als sie noch zu zweit zusammenlebten, war ihr mehr übrig geblieben. Seit sie alleine für Miete und Auto aufkommen musste, war sie ständig pleite.

Sabrina ließ es bei dieser Antwort bewenden, obwohl sie Delia nicht glaubte. Es war für sie unfassbar, dass ausgerechnet ihre Freundin, dieses moralisierende, anständige Wesen, sich auf ein solches Abenteuer eingelassen hatte. Außerdem war da noch etwas, das sie ihr verschwieg. Vielleicht hatte sie das Erlebnis doch nicht nur abgestoßen. Aber das würde Sabrina schon noch herausfinden.

Kapitel 4

Im Laufe der kommenden Wochen legte sich Delias schlechtes Gewissen. Je mehr Zeit verfloss, desto unwirklicher erschien ihr das Erlebte. Es war eher wie die Erinnerung an einen Spielfilm, von dem man emotional sehr beeindruckt wurde. Dennoch, rückblickend erhielt das nächtliche Erlebnis eine ganz andere Bewertung als in den Stunden danach. Denn jeder Tag verlief gleich. Aufstehen, in die Bank fahren, Börsenmeldungen beurteilen und die Kunden entsprechend bei ihrer Geldanlage beraten. Einkaufen gehen, nach Hause kommen, kochen und ein bisschen Haushalt erledigen, fernsehen, schlafen. Tag für Tag das Gleiche. Selbst die Wochenenden waren ohne Abwechslung. Ausschlafen, lange frühstücken, gelegentlich Freunde treffen, die aber immer weniger wurden, seit sie sich von Martin getrennt hatte.

Endlich war in ihrem ansonsten gleichförmigen Leben einmal etwas Besonderes passiert. Etwas Aufregendes. Etwas – weniger Anständiges? Das war es! Delia war ihren Eltern stets eine Bilderbuchtochter gewesen, die selbst dann, als die anderen in der Pubertät durchdrehten, gelassen und artig blieb. Niemand, abgesehen von Sabrina, erfuhr oder spürte etwas von ihren seelischen und körperlichen Sehnsüchten.

Nach der Schule hatte Delia sofort eine Banklehre angefangen, mit Bravour bestanden, sich durch Fortbildungen hochgearbeitet. Sie war fleißig und ehrgeizig, aber ohne Ellenbogentaktik oder Intrigen, immer beliebt, umgänglich – eben anständig.

Eigentlich fehlte ihr nur noch der passende Ehemann, möglichst gut aussehend und ohne Bierbauch, etwas besser verdienend, dazu ein Haus mit Garten und mindestens zwei Kinder. Dazu vielleicht noch Hund und Katze. Dann wäre alles perfekt. Das perfekte kleinbürgerliche Familienbilderbuchleben?

Nein, perfekt, aber kotzlangweilig! Delia schüttelte unzufrieden den Kopf. Früher erschien ihr das alles völlig normal und erstrebenswert. Aber seit Martin ihre kleine heile Welt ins Wanken gebracht hatte, war sie sich gar nicht mehr so sicher, ob sie sich so eine Zukunft überhaupt wünschte.

Vielleicht sollte sie es sich doch noch einmal überlegen und sich erneut auf ein kleines Abenteuer einlassen? Schließlich war ja nichts passiert. Nicht wirklich. Max hatte gesagt, sie bräuchte auch künftig nicht mehr zu tun als bei ihrem Debüt. Nur als attraktiver Lückenbüßer den Platz auf dem Podest einnehmen, damit die anderen Damen nicht dafür herhalten mussten, sondern Zeit für ihre Freier hatten. Also – was war schon dabei, ob sie von Männern begrapscht wurde, die geil waren und bereit, für alles zu bezahlen. Andererseits – wenn sie daran dachte, wie einer ihr in den Slip gegriffen hatte, überfiel sie beinahe Übelkeit.

Grübelnd drehte Delia die Visitenkarte in der Hand. In ihrem Geldbeutel war fast Ebbe. Wieder. Sie fing an, sich selbst die Vorteile aufzuzählen. Einer war besonders ausschlaggebend: es würde schnell verdientes Geld sein. Sie atmete tief durch. Wenn sie mit dem Erlebten nach dem ersten Mal klargekommen war, wieso sollte es ihr dann beim zweiten Mal schwerer fallen?

Morgen Abend wäre günstig. Sabrina war wieder mal unterwegs nach Hongkong. Sie wäre ohnehin alleine, würde niemanden treffen. Noch immer unschlüssig nahm sie das Telefon in die Hand und wählte. Als sich am anderen Ende eine Frauenstimme meldete, legte sie erschrocken wieder auf. Fremde Männer. Entsetzlich. *Will ich nun oder will ich nicht?* Verdammt – ich habe mich doch schon entschieden! Warum bin ich nur so feige?

Sie drückte die Wahlwiederholung und diesmal verlangte sie mit sicherer Stimme, Max Koos zu sprechen.

Max hatte nicht mehr damit gerechnet, dass Delia sich jemals wieder melden würde. Ein Lächeln umspielte seine Lippen. Wenn es ihm gelang, sie für jeden Freitag und eventuell sogar Samstag zu engagieren, hätte er einen attraktiven Blickfang gewonnen. Mona würde ihr ein bisschen Stil beibringen müssen. Wie man sich weniger verkrampft bewegte und entgegenkommender auf die Männer einging. Er war überzeugt davon, dass Delia ein Naturtalent war und bald perfekt agieren würde. Und wer weiß, eines Tages würde sie vielleicht doch schwach werden. Sie war ein wenig einsam und es gab eine Menge interessanter Männer in seinem Etablissement, darunter sicherlich einige, die ihr gefallen könnten.

Der Abend verlief vergleichsweise gut. Max hatte auf Anraten seiner Frau Mona Delia einen Saft mit ein paar Beruhigungstropfen gegeben, den er ihr zur Begrüßung reichte. Eine Zeit lang wirkten die Tropfen und gaben ihr die nötige Gelassenheit, die Bemerkungen und das Anfassen der Männer leichter hinzunehmen.

Aber als die Wirkung nachließ, begann sie sich zu fragen, warum sie sich erneut darauf eingelassen hatte. Ansonsten geschah jedoch nichts Außergewöhnliches. Einige stiegen zu ihr aufs Podest, streichelten ihre Brüste, einer hob sogar ihren Schleier und rang ihren Lippen einen Kuss ab. Doch anders als beim ersten Mal fasste ihr keiner in den Schritt und plötzlich war die Zeit vorbei. Sie atmete erleichtert auf.

Diesmal gelang es Max nach kurzer Argumentation, Delia zu einer Zusage für den nächsten Freitag zu bewegen. So wie er sie einschätzte, würde sie es möglicherweise bereuen, sobald sie zu Hause war, aus Ehrgefühl aber nicht anrufen, um ihre Zusage zu widerrufen. Er lächelte wissend. Manchmal war es eben hinderlich, anständig zu sein und sich an Versprechen zu halten. In diesem Fall ein Nachteil für Delia, aber zum Vorteil für ihn.

Ehe Delia sich versah, verbrachte sie jede Freitagnacht in Max Koos' Edelbordell. Zwar war sie die Stunden davor immer noch nervös, aber sie redete sich selbst ein, dass es ein harmloser und gut bezahlter Job war.

Von zehn Uhr abends bis vier Uhr früh war sie der Blickfang. Nur für Samstag war sie nicht zu erwärmen, weil es einige Fernsehshows gab, die sie ungern versäumte.

Manchmal kam Delia schon früher, und wenn die anderen Frauen nichts zu tun hatten, ergaben sich Gespräche, in denen Delia deren Lebensgeschichte erfuhr, wie sie zur Arbeit im Bordell gekommen waren, und sie wurde sich bewusst, wie gut es ihr in ihrem Bürojob und ihrem vermeintlich langweiligen Alltag ging.

Der Ablauf im Haus war vollkommen durchorganisiert. Jede hatte ihre speziellen Techniken und ihre Stammkunden, die schon Wochen im Voraus ihre Termine festlegten. Außer Getränken war es auch möglich, kleine Snacks und Leckereien zu bestellen, denn zum festen Personal gehörte unter anderem ein Koch, und weil das Gebäude ursprünglich ein Hotel war, existierte auch noch die gut ausgestattete Küche, als Koos es bei einer Zwangsversteigerung erwarb.

Jede Woche gab es einen neuen Speiseplan. Die Frauen legten fest, was sie essen wollten. Aber es wurde nicht nur gekocht, auf bestimmte Diäten oder Gewohnheiten Rücksicht genommen, sondern auch frische Salate und Obst eingekauft. Delia war überrascht, wie gut die Versorgung war. Für ihre Pausen wählte sie hauptsächlich leichte Speisen, um nicht zu ermüden oder den Bauch wie eine kleine Kugel vor sich herzuschieben. Außerdem war sie nach wie vor viel zu aufgeregt, um ein richtiges Essen hinunterzubringen.

Mittlerweile kannte sie auch die Räumlichkeiten besser. Eigentlich war sie gar nicht scharf darauf gewesen, die Zimmer zu sehen. Eine natürliche Scheu hatte anfangs über ihre Neugierde gesiegt. Aber es hatte sich ergeben, als sie auf dem Weg zur Toilette war und die Türen von zwei unbelegten Zimmern offen standen.

Bei dem Umbau vom Hotel zum Edelbordell hatte man die Zimmeraufteilung beibehalten, ebenso die eingebauten Badezimmer. Lediglich das Inventar war ausgetauscht und die Wände waren gestrichen worden. Delia musste zugeben, dass sie sich in einigen dieser Zimmer als Gast wohlgefühlt hätte.

Zur unteren Etage fand sie dagegen keinen Zugang. Weder interessierten sie die Räumlichkeiten, von deren spezieller Ausstattung sie dann und wann etwas aufschnappte, was ihr die Haare aufstellte, noch lernte sie die Frauen, die ihrer Aufgabe als Dominas nachgingen, näher kennen. Sie kamen nur selten nach oben und unterhielten sich kaum mit den anderen Frauen.

Allmählich gehörte dieser Freitagabendjob zu Delias Leben wie alles andere. Max hatte sich an ihre Abmachung gehalten und wimmelte die Anträge der Männer ab, die sie buchen wollten.

Seltsamerweise kommentierte Sabrina nicht die Veränderung, die mit ihrer Freundin vor sich ging. Zum einen lag es wohl daran, dass sie kaum Zeit hatte und viel zu sehr mit ihrem neuen Freund, einem Chefsteward, beschäftigt war und meistens diejenige war, die plapperte, wenn sich die Freundinnen doch einmal trafen. Zum anderen hätte sie Delia in Verlegenheit gebracht und vielleicht diese Entwicklung, die sie mit einer gewissen Distanz beobachtete, gestört. Diese ungewohnte Ungezwungenheit, Lockerheit, das Vermögen, auch über Dinge zu lachen, die Delia früher eher peinlich erschienen waren – all das gefiel Sabrina. Sie machte sich keine Gedanken darüber, wohin das noch führen sollte ...

Es geschah bei Delias drittem Einsatz. Sie hatte gerade ihre erste Pause hinter sich gebracht und wieder ihre Position eingenommen, als das untrügliche Gefühl beobachtet zu werden sie veranlasste, sich umzuschauen. Natürlich wurde sie sowieso die ganze Zeit betrachtet, deswegen stand sie schließlich auf dem Podest. Sie war der Blickfang. Aber es war anders. Als würde jemand ihren Namen rufen, ohne dass dies wirklich passierte. Nur in ihrem Kopf existierte diese Verbindung zwischen ihr und dieser Person. Ein nervöses Kribbeln, wie von tausenden Ameisen verursacht, setzte auf ihrer Kopfhaut ein, lief ihren Nacken herunter, überflutete ihren ganzen Körper und entlockte ihr beinahe ein sehnsüchtiges Aufstöhnen, ein kribbelndes Gefühl der Lust. War sie denn völlig verrückt geworden, oder lag es nur daran, dass ihr einziger männlicher Freund ein Vibrator war und sie endlich einmal wieder einen richtigen Mann spüren wollte – aber keinen von diesen, auf die zu Hause wahrscheinlich eine ahnungslose Ehefrau wartete!

Dann entdeckte sie ihn. Er war gerade eingetreten und stand im Schatten einer der Säulen, die das Vordach der Bar trugen und diese optisch von der Halle trennten. Mit einem Schlag war sie hellwach. Sie richtete sich ein wenig mehr auf, streckte unbewusst ihre halbnackten Brüste heraus, umklammerte fester die Stangen, an die sie angekettet war.

Der Mann nahm seinen regennassen Hut herunter, strich mit einer lässigen Bewegung über die Krempe, schüttelte die Tropfen ab. Er fuhr sich mit den Fingern durch das kurz geschnittene Haar, das vom Hut ein wenig verdrückt war. Unter dem geöffneten Mantel wurde ein eleganter anthrazitgrauer Geschäftsanzug sichtbar, wie maßgeschneidert. Von der dezent gemusterten Krawatte über das seidig glänzende Hemd bis zu den Designerschuhen passte alles zusammen. Er war etwa eins fünfundachtzig groß, mit einem durchtrainierten, schlanken Körper, alles in allem gut aussehend, ein Bild von einem Traummann – wie aus einem Modemagazin. Nur ein wenig älter, reifer als die Models, die Delia von Abbildungen kannte, vielleicht Ende dreißig bis Anfang vierzig. Ein Mann im besten Alter, der die unbedarften Verrücktheiten der Jugend abgelegt und seinen beruflichen Weg gefunden hat.

Schlanke, lange Finger, gepflegte Hände. Am Ringfinger der linken Hand funkelte ein roter Stein auf einem schmalen Platinring. Taxierend schaute er in die Runde, verschaffte sich einen Gesamtüberblick.

Dann fixierte sein Blick Delia. Es war ihr, als würde sie durchbohrt werden. Selbstbewusstsein, Stolz und ein Hauch von Arroganz lagen in seiner Haltung. In einem anderen Leben wäre er ihr vermutlich als tapferer Ritter begegnet, der jedes Turnier gewann und dem die Edelfrauen seufzend zu Füßen sanken.

Delia wagte kaum zu atmen, als er langsam näher kam. Er umrundete ihr Podest und ihr Kopf drehte sich, folgte ihm automatisch. Dann blieb er genau vor ihr stehen. Delia starrte in ein Gesicht von atemberaubender Vollkommenheit. Die Gesichtszüge wie gemeißelt, scharf geschnitten, ein beinahe als klassisch zu bezeichnendes Profil. Sorgfältig rasierte, leicht gebräunte Haut.

Das alles nahm sie nur für Sekundenbruchteile wahr, denn als sie schließlich in seine Augen sah, die sie scheinbar ohne jeglichen Lidschlag unentwegt fixierten, war sie wie paralysiert und konnte den Blick nicht mehr abwenden. Stahlgrau und geheimnisvoll, in einem Kranz ungewöhnlich dichter, langer Wimpern hervorgehoben, lagen seine Augen unter schön geformten, schmalen, fast schwarzen Brauen.

Die folgenden Sekunden vergingen wie eine Filmsequenz in Zeitlupe. Der Mann musterte sie von oben bis unten, streckte die Hand nach ihr aus. Aber er sprach kein Wort, er lächelte nicht mit seinen wohl geformten Lippen, er berührte auch nicht ihren Körper. Seine Hand schien über ihre Brüste, ihre Rundungen, ihre Taille hinwegzuschweben. Als taste er sie mit einem Sensor ab. Dennoch meinte Delia, seine Fingerspitzen zu fühlen, als strahlten sie eine Art knisternder Elektrizität aus.

In Delias Ohren setzte ein Rauschen ein. Ihr Gegenüber sagte etwas zu ihr, sein Mund bewegte sich, aber sie verstand kein Wort. Bewegten sich seine Lippen lautlos oder sprach er wirklich? Sie hätte gerne gewusst, ob seine Stimme so klang, wie sie sich diese vorstellte. Fest, markant, sonor. Erneut sagte er etwas. Das Rauschen in Delia Ohren nahm zu. Sie schüttelte instinktiv den Kopf, schluckte voller Panik.

Er drehte sich ab. Sie nahm verschwommen wahr, wie er aufrecht, seinen Mantel über den Arm gelegt, auf Max zuging, der eben aus seinem Büro ins Foyer getreten war. Delia erschien der Gang des Fremden verzögert. Überdeutlich registrierte sie jedes Detail seiner Bewegung. Wie er sein Bein anhob, das Knie abwinkelte, den Fuß gerade aufsetzte, als erfolge jeder Schritt bewusst. Nichts blieb dem Zufall überlassen. Er war die verkörperte Kontrolle und sie meinte beinahe, sie müsse ihm folgen, jede Bewegung nachahmen.

Die beiden Männer sahen nun zu ihr herüber. Max antwortete irgendetwas auf eine Frage. Delia erkannte es an seinem Blick, seiner Gestik. Der Fremde zuckte in leichtem Bedauern mit den Schultern. Dann verschwand er in dem Gang, an dessen Ende eine Treppe nach unten führte.

In ihrer Pause fragte Delia, wer der Mann gewesen sei.

«Einer unserer besten Stammkunden», antwortete Max. «Er ist sonst immer samstags gekommen. Er hat nach dir gefragt und ich habe ihm erklärt, dass du nicht zu haben bist.»

Vermutlich war es besser so. Denn Delia war in diesen Dingen immer noch unerfahren, hatte keine Ahnung, worauf es ankam. Vermutlich würde dieser Kunde, über den Max nur wenig wusste – andere waren da weitaus gesprächiger – es weniger übel nehmen, auf Delia verzichten zu müssen , als wenn sie zustimmte und sich ungeschickt oder spröde anstellte.

Aber verdammt, der Kerl hätte gut bezahlt, mehr als üblich! Dabei war er den Frauen unheimlich, keine riss sich darum, die Stunden mit ihm zu verbringen. Und diejenigen, die es taten, erzählten nur wenig davon. Sie hatten wohl ihre Gründe.

Einmal hatte Max ihm eine professionelle Sklavin besorgt, eine von einem seiner Konkurrenten, denn eigentlich arbeiteten bei ihm nur normale Huren. Gewiss, er hatte auch zwei Dominas im Haus, die es den Männern anständig besorgten, die das wollten. Aber keine Sklavinnen. Dafür hatte er sich nie interessiert.

Aber dieser verdammte Kerl hatte es sogleich bemerkt. Er wollte keine, die schon zur Sklavin erzogen war, und hatte angedroht, künftig woanders hinzugehen. Er wollte sie sich selbst zur Sklavin erziehen, ihre Unerfahrenheit auf diesem Gebiet ausnutzen, sie mit Dingen überraschen, die ihr Körper noch nicht erlebt hatte. Die meisten Frauen, die für Max arbeiteten, waren davon alles andere als begeistert. Sie waren es nicht gewohnt, viel Zeit in einen einzigen Mann zu investieren und sich ihm vertrauensvoll hinzugeben. Er war ihnen unheimlich in seinen fast romantischen Forderungen, die sich plötzlich in ein grausames Gegenteil wandelten, wenn das Treffen nicht verlief, wie er sich das vorstellte.

Max war schon drauf und dran gewesen, den Mann hinauszuwerfen und ihm Hausverbot zu erteilen, obwohl es im Grunde genommen unangenehmere Kunden gab. Aber Geld stinkt nicht. Und *dieser* zahlte gut für seine Sonderwünsche. Nur wurde es immer schwieriger, eine Frau zu finden, die ihn wenigstens halbwegs zufriedenstellte – und die überhaupt bereit war, zu ihm zu gehen. Denn natürlich tauschten seine Damen besondere Erfahrungen untereinander aus, warnten sich vor Kunden, die ihnen nicht ganz geheuer erschienen.

Delia war inzwischen gut im Verdrängen. Sobald sie zu Hause angekommen war, nahm sie eine heiße Dusche und versuchte nicht mehr an die Nacht zu denken. Der Blick des Mannes ging ihr allerdings nicht so schnell aus dem Kopf. Er war irgendwie anders. *Ach was!*, schalt sie sich. Er ist auch nur einer, der bezahlt!

Als sie am darauffolgenden Freitag ihren Platz auf dem Podest eingenommen hatte, erwartete sie trotzdem, ihn wiederzusehen. *Warum nur? Ich will doch gar nichts von ihm!* Doch wie ein Teufelchen bohrte ihr zweites Ich nach. *Warum bist du dann so scharf darauf, ihn noch mal zu sehen?* Delia hatte darauf keine plausible Antwort. *Er ist attraktiv*, wimmerte sie in sich hinein.

Sie glaubte schon, er käme an diesem Abend nicht. Ein paar Gäste, die laut lachend mit den Frauen an der Bar scherzten, hatten sie abgelenkt. Da stand er plötzlich vor ihr.

Wie eine Woche zuvor bot er ein perfektes Erscheinungsbild, Anzug und Krawatte waren aus gutem Stoff. Keine unnötigen Accessoires. Nur eine Uhr und der Ring an der linken Hand.

Er musterte Delia mit einem scheinbar emotionslosen Blick, aber einem leicht spöttischen Zug in den Mundwinkeln. Überlegenheit und Selbstbewusstsein in vollendeter Harmonie. Ein Gewinner. Einer, der immer bekam, was er wollte.

Was für ein arroganter Schnösel, dachte Delia bei sich. Wieso war ihr das nicht gleich aufgefallen? Doch obwohl sie genau diesen Typ Männer verabscheute – die sich offensichtlich für bedeutender, klüger und unersetzlicher als den Rest der Menschheit hielten und insbesondere den Frauen überlegen fühlten – musste sie bei diesem zugeben, dass er irgendetwas an sich hatte, was sie besonders anmachte. Mühsam unterdrückte sie ein Stöhnen. Sein Blick entfachte ein Feuer zwischen ihren Schenkeln, das sie sich nicht gestatten wollte. Was geschah mit ihr? Unbeweglich starrte er sie an und sie war ihrerseits nicht in der Lage, ihren Blick von ihm abzuwenden. Ihre Lippen begannen zu zittern.

Dann wurde Delia plötzlich von einem anderen Mann abgelenkt, der auf einmal in ihrem Blickfeld erschien, auf das Podest hochstieg und sie ungeniert begrapschte. «Nein», hauchte sie abwehrend. Glücklicherweise dauerte dieser Überfall aber nur kurz, da seine nächtliche Gefährtin ihn abholte.

Delia schaute sich nervös um, aber *er* war fort. Natürlich hatte er alles beobachtet. Delia fühlte sich peinlich berührt. Was sollte er nur von ihr denken?

Sie erschrak. Bin ich verrückt? Er ist ein Mann wie alle hier. Es ist völlig gleichgültig, was er von mir denkt. Er will doch auch nur Sex gegen Bezahlung. Verwirrt gestand sie sich ein, dass es ihr plötzlich wieder etwas ausmachte, zur Schau gestellt zu sein. Dabei hatte sie geglaubt, sie wäre über dieses Stadium hinweg.

Sie sah Max auf sich zukommen, der sie loskettete.

«Aber meine nächste Pause steht doch noch gar nicht an, oder?», fragte sie verdutzt.

«Macht nichts, ich muss mit dir reden.»

Die Unterhaltung verlief ergebnislos. Max versuchte Delia davon zu überzeugen, dass ER sie haben wollte und dafür besonders gut bezahlen würde. Aber als Max sah, dass Delia sofort blass wurde und energisch ablehnte, verwarf er den Gedanken. Sie war noch nicht so weit, und vielleicht würde sie es niemals sein. Aber er würde nicht müde werden, sie erneut zu fragen, so wie ihr Interessent wohl nicht überdrüssig werden würde, seinen Wunsch jedes Mal aufs Neue zu äußern.

Delia wäre möglicherweise genau das, was der Fremde suchte. Eine unschuldige, eher schüchterne Frau, die noch nie ihren Körper verkauft hatte, die nicht wusste, was für Spielarten manche Leute bevorzugten. Eine, die sich vor lauter Angst vielleicht sofort und aufrichtig unterwerfen würde. Vielleicht war es das, was der Mann tatsächlich suchte. Aber dann war er hier eigentlich am falschen Ort.

Mochte sein, dass er, Max, ein Charakterschwein war. Sonst hätte er Delia, dieses unverdorbene Wesen, nicht überredet, in seinem Foyer als lebende Puppe zu stehen. Aber so verroht war er nicht, dass er sie in einem nicht kalkulierbaren Risiko diesem Kerl buchstäblich zum Fraß vorwarf und ihren Seelenfrieden ruinierte.

Oder doch? Kurz überlegte er, ob er sie zwingen sollte. Aber solche Aktionen waren nicht sein Stil. Genau deswegen hatte er nie Fuß im gewöhnlichen Zuhältergeschäft gefasst, sondern mit Monas Hilfe das Edelbordell eröffnet und ein paar Leute fürs so genannte *Grobe* eingestellt. Sie waren ein erfolgreiches Team, auch ohne zimperliche Frauen wie Delia, und ihre Finanzen waren längst saniert.

Kapitel 5

Delia war von seinem dominanten Auftreten gleichermaßen eingeschüchtert wie fasziniert. Er jagte alleine durch seinen Blick prickelnde Schauer in kleinen Wellen über ihren Leib, wenn er sie auf seine eigentümliche Art mit den Augen abtastete. Kein Lidschlag, starr, unbeweglich. Minute um Minute. Sie hielt seinem Blick eine Weile stand, dann wich sie ihm verlegen aus, schaute kurz auf den Boden, ehe sie es wieder wagte, ihm zu begegnen. Ein zaghaftes Lächeln erschien auf ihren Lippen.

Es war wie jeden Freitag. Bereits zum fünften Mal stand sie ihm gegenüber, dem Bilderbuchmann. Immer war es dasselbe. Sie war nicht mehr in der Lage, einen klaren Gedanken zu fassen, vergaß alles um sich herum und sah nur noch ihn. Makellos, fast zu schön, um ein Mann zu sein, und doch ganz ein Mann – durchtrainiert, sehnig, aber ohne den muskulösen Ausdruck eines Bodybuilders. Sein Blick alleine genügte, um Delias Knie aufzuweichen und den Takt ihres Herzens zu beschleunigen. Atmete sie überhaupt noch? In ihrem Slip wurde es warm und feucht. Ihre Perle pumpte nervös.

Was war mit ihrem Körper geschehen, der bisher im Gleichklang mit ihrem Verstand gehandelt und diese Art von Männern verabscheut hatte? Nun, genau genommen tat er es ja immer noch, nur bei diesem einen nicht. In magischer Weise ergriff er Besitz von ihren Hormonen und putschte sie auf.

Mit unendlicher Gelassenheit und ohne die geringste überflüssige Bewegung ging er einige Schritte rückwärts, betrachtete sie dabei weiter. Dann drehte er sich ohne Hast um und verschwand im Managerbüro, nachdem er angeklopft, aber nicht mehr als eine Sekunde auf eine Aufforderung zum Eintreten gewartet hatte.

Eine Gruppe von fünf Männern, die laut miteinander redend und lachend eintraten irritierten Delia und lenkten sie für einen Augenblick ab. Dadurch entging ihr der Moment, in dem *er* das Büro wieder verließ. Die Männer kamen direkt auf das Podest zu, einer leckte sich anzüglich über die Lippen, ein anderer stieg auf das Podest, umarmte sie, klatschte ihr auf den Po und presste seine feuchten Küsse auf ihr Dekolleté und ihren Hals. Delia hielt angeekelt den Atem an. Der Mann verströmte eine starke Wolke von Zigarettenqualm. Er knetete süffisant lächelnd ihren Po, flüsterte ihr einige Unanständigkeiten ins Ohr, klatschte dann munter auf ihre Schenkel. Delia suchte Iwans Blick. Ihre Hilflosigkeit schien ihn wie immer zu amüsieren. Nur langsam setzte er sich in Bewegung, um den Gast höflich vom Podest zu ziehen. Aber der hatte jemanden an der Bar erkannt und ließ im gleichen Augenblick von Delia ab.

Sie atmete erleichtert auf. Dann wurden ihre Ketten gelöst und Max reichte ihr die Hand. Während sie bisher stets in Haremskleidung auf dem Podest gestanden hatte, trug sie an diesem Abend zum ersten Mal eine weinrote, knapp geschnittene Korsage, schwarze Strümpfe, lange Handschuhe und High Heels.

«Nein», sagte Delia energisch, noch bevor Max ihr überhaupt erklärt hatte, warum er sie in sein Büro bat. Es folgte der immer gleich bleibende Austausch von Argumenten, die für oder gegen ein Treffen mit dem Fremden sprachen.

«Lass uns doch endlich damit aufhören, Max. Bitte! Posieren ist okay und an das Betatschen habe ich mich inzwischen auch gewöhnt, obwohl es mir immer noch nicht behagt – vor allem wenn die Männer alles andere als attraktiv oder besonders aufdringlich sind!»

Das war für Max das ideale Stichwort. Genau darauf hatte er hingearbeitet. «Aber, Delia, ist das nicht der springende Punkt? Der Kerl ist intelligent, gut aussehend, hat Manieren. Er belästigt und begrapscht dich nicht wie die anderen. Ich sehe es dir doch an der Nasenspitze an, dass er dich nicht kaltlässt! Unter anderen Umständen wärst du doch bestimmt längst mit ihm ausgegangen!»

Verlegen räusperte Delia sich. «Mag sein. Ich gebe zu, es gefällt mir, wie er auftritt: Er ist jemand, der sehr kontrolliert wirkt und auf sein Äußeres und sein Auftreten achtet. Aber deswegen mache ich es trotzdem nicht.»

«Hmmm, was muss ich dir zahlen, damit du zustimmst?», fragte Max lächelnd.

Delia zog widerstrebend die Augenbrauen hoch. «Warum? Er kann doch eine von den anderen haben!»

«Ja, ich weiß. Aber er will dich. Und er zahlt dafür besonders gut. Da fällt für jeden von uns genug ab.»

Delia schnaufte. Der Druck, den Max auf sie ausübte, begann sie zu überfordern. Sie hatte das Bild von *ihm* vor Augen. Unter anderen Umständen, ja, darin gab sie Max Recht, wenn sie *ihn* auf einer Party oder sonst wo kennen gelernt hätte, dann hätte sie wohl keine Zweifel gehabt. Er übte eine unnachahmliche Faszination auf sie aus. Seit Wochen geisterte er durch ihre Gedanken. Aber hier, in diesem Haus, das war etwas völlig anderes als *draußen*!

«Findest du ihn denn nicht ausgesprochen attraktiv? Ich verstehe ja, wenn dich das geile Verhalten der anderen nicht anspricht. Aber *er* ist doch ganz anders, nicht wahr?»

Max wusste, dass er Delias Nerv getroffen hatte. Ein stärkeres Interesse als zuvor funkelte in ihren Augen auf. Leicht gereizt entgegnete sie: «Versuch nicht, mich zu überreden! Meine Antwort ist definitiv *nein*! Warum ist *er* dir so wichtig?»

Max grinste breit. «Ich mag zufriedene Stammkunden. Sie kommen wieder.» In Gedanken fügte er hinzu: *Der Kerl ist mir zwar selbst nicht ganz geheuer, aber er zahlt gerne mehr für etwas Besonderes, stinkt geradezu nach Geld. Warum sollte ich darauf verzichten? Außerdem – wenn sie sich erst mal von einem meiner Gäste vögeln lässt, vielleicht erliegt sie dann noch mehr dem Reiz des Geldes?*

«Erzähl mir, was du über ihn weißt!», forderte Delia. «Wie heißt er eigentlich?»

Max seufzte theatralisch. «Eigentlich fällt das unter Betriebsgeheimnisse, das weißt du doch!»

Wenn er sich jetzt geschickt anstellte, hatte er sie so weit! Davon war er überzeugt. Denn Max hatte im Laufe der Jahre durch den Umgang mit vielen fremden Menschen erheblich an Menschenkenntnis gewonnen und lag mit seiner Einschätzung meistens richtig. Außer bei einem. Bei dem, um den es gerade ging. Delias Miene drückte schon wieder Sturheit aus. Wenn er nicht nachgab und sie mit Informationen fütterte, würde sie nicht auf seinen Vorschlag eingehen.

«Also gut. Er heißt Lennart Kerner. Über sich selbst erzählt er gar nichts. Niemandem. Aber ich habe mal ein wenig nachgeforscht, aus reiner Neugierde. Ihm gehört eine Anwaltskanzlei, die offensichtlich recht erfolgreich ist, denn er hat mehrere Anwälte angestellt und behandelt hauptsächlich Scheidungsfälle und Strafrecht.»

«Aber was ist er für ein Mensch?» Es schreckte Delia ab, dass er Anwalt war. Darum wirkte er also besonders kühl, distanziert, beobachtend, berechnend. Max zögerte, aber Delia fuhr fort, als habe sie keine Antwort erwartet: «Ich gebe es ehrlich zu: Wenn er mich betrachtet, geht es mir durch und durch.

Es erregt mich, aber er macht mir auch Angst.» Sie dachte einen Augenblick lang nach. «Du hast übrigens völlig Recht. Er ist der Einzige, der mich nur anschaut. Er sagt nichts, er berührt mich nicht. Seine Hand schwebt über meine Haut hinweg und es ist, als ob die Luft mit Elektrizität geladen wäre.» Delias Wangen begannen zu glühen. Sie sah ihn förmlich vor sich und die Nerven ihrer Haut vibrierten wie elektrisiert.

Max nickte. «Ich will dich nicht belügen. Das würdest du mir hinterher vorwerfen. Er ist nicht wirklich einzuordnen.»

Die Wahrheit war, Lennart Kerner war unberechenbar! Niemand wusste etwas über ihn. Außer die Damen, die schon das zweifelhafte Vergnügen seiner intimeren Bekanntschaft gemacht und danach ein wenig davon erzählt hatten. Wenn Lennart schlechte Laune hatte, ließ er sie an den Frauen aus. Wenn er gute Laune hatte – und den Anschein hatte es heute – war er zärtlich und erregend. Und dennoch auf eine eigentümliche Weise merkwürdig in seinem Verhalten. Aber diese Erfahrung musste Delia selbst machen, das konnte er ihr nicht abnehmen.

Max fuhr fort. «Kerner hat gute Manieren, versteht sich auf erotische Liebesspiele, aber er erwartet etwas, was dir merkwürdig erscheinen mag: Gehorsam!»

«Gehorsam?» Delia zog verblüfft die Augenbrauen hoch. «Du meinst, so wie es die Dominas, die für dich arbeiten, von ihren Kunden erwarten?»

Verdammt! Sie begriff schneller, als er erwartet hatte. «Jaaa, in etwa», antwortete er gedehnt.

«Hmmm, wie läuft das denn ab? Was müsste ich tun? Was würde er von mir erwarten?», fragte Delia achselzuckend, da sie von solchen Dingen keine Ahnung hatte.

Max schmunzelte erleichtert. Sie war nicht mehr völlig abgeneigt, eher ein wenig neugierig. Gut so! Das Blatt begann sich zu seinen Gunsten zu wenden. Nun bloß keinen Fehler machen!

«*Er* wird dir selbst sagen, was er erwartet, was du zu tun hast. Das ist nämlich jedes Mal ein bisschen anders. Es gibt kein festes Schema. Aber eigentlich ist es ganz einfach: Tu einfach alles, was er verlangt. Rede nur, wenn du dazu aufgefordert wirst. Halte den Blick gesenkt. Zeige Demut. Stell dir einfach vor, du kniest vor einem Altar. So ähnlich ist das.»

Delia kicherte verlegen. Meinte er das ernst? Wie vor einem Altar? Der Vergleich hinkte ja ziemlich. Sie konnte sich diese Situation beim besten

Willen nicht vorstellen. Sie hatte ein einziges Mal spät abends durch Zufall einen Bericht über devote Männer gesehen, die ab und an zu einer Domina gingen, um sich züchtigen und demütigen zu lassen. Sie hatte ungläubig auf den Fernsehschirm gestarrt und versucht zu verstehen, was erklärt wurde, dass diese Männer sich wohl dabei fühlten, es zu ihrer sexuellen Befriedigung bräuchten – wie hatten sie es genannt? – *als Sklave behandelt* zu werden.

Sie hatte es damals nicht nachvollziehen können und es gelang ihr auch jetzt noch nicht. Sie wusste, im Keller gab es Räume, die für genau solche Praktiken eingerichtet waren, aber sie wollte davon nichts Näheres wissen.

Auf einmal wurde ihr abwechselnd kalt und heiß, als sie die Tragweite ihres Vorhabens begriff. «Moment mal – heißt das, ich soll mich wie, hmm, wie eine Art Sklavin verhalten?»

Sie brachte es nicht fertig, ihre Gedanken auszusprechen. Es war ihr peinlich und sie hatte Angst. Sexspiele – das war ihr völlig fremd. Sie hatte auch noch nie einen Partner gehabt, der in dieser Hinsicht etwas Außergewöhnliches von ihr erwartet hätte. Bisher war sie mit gewöhnlichem Blümchensex recht zufrieden gewesen, zumindest glaubte sie das. Allerdings, in ihren nächtlichen Fantasien konnte es schon mal deftiger zugehen. Sie holte tief Luft. «Kann es sein, dass er mich ...» Sie hielt schamvoll inne.

«... dass er dich einfach nimmt und vögelt, auf eine Art, die dir peinlich oder bisher fremd ist?», versuchte Max ihren Satz zu Ende zu sprechen. «Ja, möglich, aber eher nicht. Da ist er ganz eigen.»

Delia schüttelte den Kopf und schaute ihn verunsichert an. Gewiss, der Gedanke, mit einem wildfremden Mann zu schlafen, war absurd, aber andererseits auch aufregend. Sie hatte noch nie einen One-Night-Stand gehabt. Aber wirkliche Sorgen bereitete ihr etwas ganz anderes. Ihre Stimme war nur ein Flüstern, als sie fragte: «Nein, das meine ich nicht. Wird er mir Schmerzen zufügen?»

Max nickte. «Ach so, ja, es kann sein, dass er dich züchtigt, und ich weiß, du hast so etwas noch nie gemacht. Aber glaube mir, es ist nicht so schlimm und bei weitem nicht so unangenehm, wie du befürchtest. Noch mal – du musst nur eines beherzigen: Mach alles, was er will, und er wird zufrieden sein! Mach nichts, gar nichts, solange er dich nicht dazu auffordert! Am besten hältst du deine Hände auf dem Rücken verschränkt. Zeig Unterwürfigkeit! Mehr erwartet er nicht von dir. Er weiß, dass du keine Professionelle bist. Ganz im Gegenteil. Genau deshalb begehrt er dich. Weil du dich unschuldig und natürlich verhalten wirst. Sei einfach ganz und gar seine devote Sklavin!»

Delia schaute an die Decke. Sie musste nachdenken. Ihr Herz pochte so heftig, dass es schmerzte. Sie musste völlig übergeschnappt sein, so etwas zu tun. Aber sie war auch noch nie so verrückt nach einem Mann gewesen, den sie nicht kannte, von dem sie nichts wusste, mit dem sie noch nicht einmal ein Wort gewechselt hatte. Nichts hätte sie an diesem Abend mehr enttäuscht, als wenn er nicht gekommen wäre. Denn er schaute sie nur an und sie bekam schon weiche Knie und tanzende Schmetterlinge im Bauch. Zudem imponierte ihr seine Hartnäckigkeit. Er wollte sie haben, ausgerechnet sie, und immer wieder fragte er.

Max tat in diesem Augenblick das einzig Richtige. Er schwieg. Er wusste um ihren inneren Zwiespalt. Es war einem außergewöhnlichen Zufall zu verdanken, dass Delia, diese attraktive, aber moralisch unverdorbene junge Frau für ihn arbeitete und auf sein Angebot eingehen würde. Und dann fiel ihm ein Stein vom Herzen.

«Ja, okay, ich mach es!»

Kapitel 6

Das letzte Geräusch, das Delia hörte, war das leise Einrasten der Tür im Schloss. Dann war es totenstill. Selbst die Musik, die den Gang beschallte, blieb draußen. Möglicherweise war dieser Raum auch besonders schallgedämmt. Es war wie in einem Vakuum. Das Einzige, was sie wahrnahm, war das nervöse Klopfen ihres Herzens.

Delia drehte ihren Kopf hin und her. Nichts. Nichts für ihre Ohren.

Sie musste davon ausgehen, dass er da war und sie beobachtete. Aber seine Anwesenheit war weder körperlich noch mit ihren anderen Sinnen wahrnehmbar. Es war unheimlich. Und auf eine gewisse Weise aufregend. Mehr aufregend als beängstigend.

Lennart war sich bewusst, dass er anders als bisher vorgehen musste. Er durfte dieses scheue Vögelchen nicht erschrecken, sondern musste es langsam in die Spiele einführen, die ihm Lust bereiteten. Sofern sie ihm die Chance dazu gab. Eigentlich war sie die Frau, die er nicht hier, sondern lieber draußen, unter normalen Umständen kennen gelernt hätte, bei einem ganz alltäglichen Date. Aber wahrscheinlich würde sie sich dann eines Tages wie all die anderen vor ihr verhalten, und genau das musste er verhindern.

Er hatte genug davon, genug von all diesen Kränkungen, von Frauen, die alles besser wussten, die über seine Freizeit, Urlaubsziele und Anschaffungen bestimmten, die nur auf sein Geld aus waren, nur den vermögenden, erfolgreichen Mann in ihm sahen, sich mit seiner Begleitung schmückten. Und noch schlimmer: die nicht treu sein konnten.

Keine, keine Einzige hatte bisher seine Liebeskünste zu würdigen gewusst. Dabei war er darin ein Meister. Und er verlangte nichts. Er verschenkte alles. Das Einzige, was er forderte war Treue, Zuneigung, Hingabe. Aber das war wohl schon zu viel. Deshalb verlangte er inzwischen doch etwas mehr. Etwas Unabdingbares: Gehorsam. Absolute Selbstaufgabe, unterwürfigen Gehorsam.

Nichts war umsonst. Schließlich hatte ihm auch niemand etwas geschenkt. Gar nichts. Mit viel Fleiß und eisernem Willen hatte er es geschafft, sich eine gut gehende Rechtsanwaltskanzlei aufzubauen und einige spektakuläre Prozesse zu gewinnen. Inzwischen hatte er so viele zahlungskräftige Klienten, dass er ein paar Rechtsanwälte angestellt hatte, nur die Elite der

Uni-Absolventen, und nur noch die schwierigsten oder interessantesten Fälle selbst übernahm.

Er bewohnte ein schmuckes Einfamilienhaus mit großem Garten, umgab sich mit erlesenen Antiquitäten und Kunstgegenständen. Eigentlich hätte er mit sich und seiner Welt zufrieden sein können. Aber es machte ihn nicht glücklich. Denn leider fehlte ihm bei der Wahl seiner Lebensgefährtinnen das glückliche Händchen, das er bei der Lösung seiner Fälle bewies. Und auch die Damen, die ihn fast jeden Freitag gegen Geld bedienten, waren in seinen Augen nur Mittelmaß, nur besser als gar nichts.

Mona hatte Delia hereingeführt und zu ihrem Platz gebracht. Lennart hatte angewiesen, auf jegliche Kleidungsstücke und Accessoires, sogar auf High Heels zu verzichten. Es würde eine andere Gelegenheit geben, sie aufregend anzuziehen. Das hatte Zeit. Er wollte sie pur, denn sie war schön und er ahnte, sie würde sich ein wenig genieren.

Während er nachdachte, musterte er die junge Frau, die auf einem dünnen Polster zu seinen Füßen kniete. Die hochgesteckten Haare brachten Delias geschwungenen Nacken schön zur Geltung. Aufgrund ihrer ungewöhnlich hellen Haut wirkte sie fast wie eine der klassischen Marmorstatuen und sie hätte mühelos mit deren Anmut konkurrieren können. Die hinter dem Rücken gehaltenen Arme betonten auf verführerische Weise ihre Nacktheit. Ihre Finger hatte sie artig ineinander verflochten. Ihre Brüste bebten leicht unter jedem Atemzug. Sie schien nervös zu sein. Dabei war das völlig unnötig. Sie sah bezaubernd aus in ihrer Natürlichkeit und eine Woge sinnlicher Gefühle erfasste ihn.

Endlich, nach einer unendlich langen Zeit, in der Delia sich nur mühsam zurückgehalten hatte, einfach irgendetwas zu sagen, vielleicht die dümmste aller Fragen zu stellen, die einem manchmal in einem solchen Moment einfallen.

«Sind Sie da?», endlich zerriss seine Stimme die unerträgliche Stille.

«Schön, dass du es dir überlegt hast und doch gekommen bist!»

Delia lauschte dem Nachhall der Stimme in ihrem Kopf. Er sprach nicht übermäßig laut, aber klar und deutlich. Seine Stimme hatte ein angenehmes Timbre, drang in Kopf, Bauch und Herz ein. Warm und samtig klang sie, Vertrauen erweckend, aber mit einem Anflug von Strenge, gerade so viel, dass es Delia ein erwartungsvolles Kribbeln bis in den Schoß jagte.

Sie hörte ein leises Knacksen, wie es alte Stühle von sich geben, wenn man aufsteht. Schritte, gleichmäßig, markant, den Absatz etwas hart auf den Boden aufsetzend. Also gab es hier keinen dämpfenden Teppich. Parkett oder Steinboden? Unter ihren Zehenspitzen, die über das Polster hinausragten und den Boden berührten, war es angenehm warm. Vermutlich eine Fußbodenheizung. Sie war dankbar dafür, denn sie bekam ziemlich schnell kalte Füße. Wie die meisten Frauen.

Leise Musik setzte ein. Instrumental, schwingend, sphärisch. Nichts Aufregendes, sondern etwas, was die Seele beruhigt.

Er umrundete sie. Ihr verlockender, kurvenreicher Körper weckte seine Begierde. Ihre Haut war so wunderbar weiß, ohne den Mix aus Sonnenbräune und vom Bikini weiß gehaltenen Körperpartien. Und sie war rein. Fast. Ein kleiner Leberfleck auf dem rechten Schulterblatt gab der Makellosigkeit erst ihren Reiz.

Delia zuckte zusammen. Eine Fingerspitze fuhr ihr über die Stirn herab, über das Tuch, mit dem ihre Augen verbunden waren, die Nase hinunter. Seine Finger rochen sauber, dezent nach Seife oder Creme, die Fingerkuppen waren weich. Es hätte sie nicht überrascht, wenn er kurz geschnittene, perfekt manikürte Fingernägel hatte. Sein Finger folgte nun der Kontur ihrer Lippen, strich gefühlvoll mehrmals darüber, hin und her, zart, noch zarter, fast kitzelnd.

Sie unterdrückte ein Stöhnen und ein leichtes Zittern überflutete ihren Körper. Es war unglaublich, dass sie seine Berührung derart sinnlich empfand. Sie hatte lange nicht dergleichen gefühlt. Aber er war doch ein Fremder für sie! Wie war es möglich, dass diese Liebkosungen in ihr ein Feuer entfachten? *Mehr,* dachte sie sehnsüchtig, *viel mehr.*

Sie gab dem leichten Druck seines Fingers nach, öffnete ein wenig ihren Mund. Sein Finger nahm Kontakt mit ihrer züngelnden rosigen Spitze auf, fuhr über ihre weißen, in der Kindheit in Reih und Glied gezwungenen Nichtraucherzähne, verteilte ein wenig ihres Speichels über ihr Kinn. Dann setzte er die Erkundung fort, über das Kinn den Hals hinunter, zog kleine Kreise in dem Grübchen am Halsende, weiter, tiefer, im Zickzack zwischen ihre Brüste. Delia spürte ein Ziehen in ihren Brustwarzen, ein unverkennbares Zeichen dafür, dass sie sich verhärteten. Es wurde immer aufregender, es fiel ihr schwer, ruhig zu bleiben, sich nicht zu bewegen, keinen Ton von sich zu geben. Ihre Lippen zitterten ein wenig. Was geschah mit ihr?

Seine Finger umkreisten eine Brustwarze, vorwitzig, prall und empfangsbereit stand sie in frischem Rosa hervor. Delia biss die Zähne aufeinander, wimmerte tief in ihrer Kehle vor Lust, als er ihre beiden Nippel zwischen seine Finger nahm, ein wenig kniff, daran zupfte, drehte und dann mit seinen Daumen sanft darüber fuhr, dass es ihr durch und durch ging. Ihre Schenkel und ihre Pobacken zuckten unkontrolliert.

Mach nichts, gar nichts, rühr dich nicht vom Fleck, solange er dich nicht dazu auffordert!, erinnerte eine innere Stimme Delia daran, wie sie sich verhalten sollte, obwohl es ihr schwer, unsagbar schwer fiel, ihre Hände auf dem Rücken zu halten, statt sie nach ihm auszustrecken.

Plötzlich hörte er auf, nahm seine Hand zurück. Enttäuschung spiegelte sich auf ihrem Gesicht wider und sie atmete laut aus.

«Gefällt dir das?»

Delia hauchte benommen: «Ja.»

«Dann willst du also mehr davon?»

«Ich», sie schluckte, «oh – ja bitte! Wie – wie soll ich Sie anreden?»

«Sag einfach *Herr* zu mir. Herr ist genau richtig, denn ich werde dein Herr sein und du – wie ist dein Name?» Er wusste seit langem, wie sie hieß. Aber es war die erste Gelegenheit, sie ein wenig zu testen, wie schnell sie lernte, ob sie bei ihrer Antwort die Anrede benutzte.

«Delia, ich heiße Delia, mein Herr.»

Lennart lächelte zufrieden. «Gut, Delia. Es ist schön, dass du es dir noch mal überlegt hast und gekommen bist. Ich werde dich heute Nacht zu meiner Sklavin machen. Du wirst es nicht bereuen, vorausgesetzt du wirst gehorsam sein, Sklavin Delia.»

Seine Stimme klang feierlich, aber auch eindringlich und fast ein wenig bedrohlich. *Sklavin Delia.* Was meinte er damit? Für einen Augenblick griff die Angst nach Delia, die natürliche ahnungsvolle Angst, die sie bisher davon abgehalten hatte, hierher zu kommen. Aber nun war es wohl zu spät und sie wollte auch nicht mehr zurück. Seine sinnliche Berührung hatte sie vollends in den Bann gezogen.

Nun legte er seine Hände auf ihre Schultern, streichelte über ihre Oberarme, berührte dabei wie zufällig die Rundungen ihrer Brüste. Neckend, verführerisch nebensächlich, so zart, dass es kitzelte. Und in diesem Augenblick vergaß Delia ihre letzten Bedenken und unterdrückte ein Kichern. Es war berauschend. Sie wusste nicht, was er anhatte, ob er immer noch seinen Anzug trug oder nackt war. Aber sie roch sein Eau de Toilette, männlich herb, ein Hauch von Sandelholz, der Frische verströmte, und es war nah, sehr nah. Möglicherweise kniete sie also splitternackt vor ihm, während er voll bekleidet war und wie ein Macho mit ihr machen konnte, was er wollte. Nein, nicht wie ein Macho – wie ein *Herr, der Herr der Sklavin Delia!*

Aber was wollte er, was würde er mit ihr anstellen? Max hatte ihr nur eine vage Vorstellung davon gegeben, was sie erwartete. Gewiss, sie würde sich von diesem Fremden in dieser einen Nacht zu einer Liebesdienerin machen lassen. Hatte er etwas von Sklavin zu ihr gesagt? Nein. *Liebesdienerin.* Oder doch *Sklavin*? Aber nur für ihn, für keinen anderen Mann. Es war aufregend, es war ein Abenteuer. Warum auch nicht. Der Fremde war sexy, anziehend, beeindruckend – und ganz nebenbei, auch das Geld war verlockend.

Seine Finger streichelten immer noch zärtlich ihre Arme, aber seine Daumen reichten bis an ihre Knospen, die erwartungsvoll hervorstanden und nun erneut von ihm gestreichelt wurden, umrundet, geneckt, zärtlich liebkost. Ein lüsternes Stöhnen kam über ihre Lippen.

Mehr, flehte sie stumm, *mehr.* Es war ungeheuer erregend, ein sehnsüchtiges Verlangen setzte in ihrer Vagina ein, ihre Schamlippen wurden feucht, schwollen begierig an und ihre Klitoris pochte eifersüchtig, erwartete ebenfalls, zärtlich geliebt zu werden.

«Tiefer», flüsterte sie schließlich. «Bitte tiefer.»

Sie löste ihre Finger voneinander, streckte ihre Hände nach ihm aus, um ihn zu berühren, zu streicheln, seinen Körper zu erkunden, etwas von seiner Zärtlichkeit zurückzugeben. Doch er schlug ihr auf die Finger und sie zuckte erschrocken zurück. Irritiert hörte sie, dass er aufstand, kaum dass sie sich bewegt hatte. *Oh nein, nicht,* dachte sie enttäuscht.

«Auaaa!» Entsetzt schrie Delia auf, dann hatte sie sich wieder in der Gewalt, biss die Zähne zusammen, presste die Lippen aufeinander, wimmerte. Der Schmerz biss sich in ihre Haut, klatschte laut, brannte wie Feuer. Erst traf es ihre Arme, ihren Rücken, dann ihre Brüste. Delia kreischte laut auf. «Nein, bitte nicht!» Sie beugte sich schützend nach vorne, kreuzte ihre Arme vor den Brüsten. Da ging die Peitsche auf ihren Po nieder und ihre Schenkel. Pfiff gespenstisch durch die Luft, biss sich brennend in ihre Haut.

Sie war vor Schreck wie gelähmt. Sekunden vergingen, ehe sie aufsprang, ihm blindlings auszuweichen versuchte, was absolut sinnlos war. Kopf und Gliedmaßen schienen auf einmal unkoordinierbar. Sie strauchelte kurz und schrie. «Hören Sie auf, warum tun Sie das? Nein, nicht – davon war keine Rede!» Sie griff nach dem Tuch, das ihre Augen bedeckte, um es sich herunterzureißen, doch ihre Hände wurden plötzlich wie von Schraubstöcken festgehalten. Sie begann zu zittern, fühlte nur noch Panik, spürte jeden einzelnen seiner Finger bis auf die Knochen.

«Ruhig, ergib dich, Sklavin», zischte er und unterband jegliche Gegenwehr.

Delia keuchte. «Aua, lassen Sie mich los, Sie tun mir weh!» Er war offensichtlich kräftiger, als sie gedacht hatte. Und rücksichtslos.

«Ich werde dich nicht züchtigen, wenn du dich richtig verhältst, verstanden? Es liegt nur an dir! Aber jedes fehlerhafte Benehmen wird augenblicklich und erbarmungslos geahndet, habe ich mich klar genug ausgedrückt?»

«Ja, Herr», wimmerte Delia kleinlaut. «Was habe ich denn falsch gemacht? Sagen Sie es mir – bitte! Und lassen Sie mich bitte los.» Sie wand sich verzweifelt in seinem Griff.

Er lachte leise, aber es klang wie ein bitteres Lachen, verbittert durch die Enttäuschungen, die er mehr als einmal erlebt hatte. «Ich werde dich loslassen, aber stattdessen fesseln. Damit du nicht noch einmal Dummheiten machst.»

Geschickt zog er ihr die Hände auf den Rücken, mit festem Griff, aber nicht grob, und Delia hörte ein zweimaliges Klicken, dann ließ er sie los. Jedes feinste Körperhärchen stellte sich vor Entsetzen auf. Delia presste ihre Handgelenke auseinander. Vergebens. Es mussten Handschellen sein, immerhin gepolsterte Handschellen, denn das klickende Geräusch passte nur dazu, aber es fühlte sich nicht hart, sondern weich an. Erneut wimmerte sie verängstigt auf.

Nun war sie ihm endgültig ausgeliefert, absolut hilflos. Sie sah nichts und konnte nicht flüchten. Jegliche Gegenwehr war sinnlos. Vielleicht sollte sie betteln, damit er nicht ... aber das war zu erniedrigend!

Lennart beobachtete aufmerksam Delias Mienenspiel. Er war auf ihren Ungehorsam und den anschließenden Widerstand vorbereitet gewesen. Aber im Gegensatz zu den anderen Frauen vor ihr, war er ihr nicht böse. Er würde ihr die Zeit lassen, die sie brauchte, sich mit ihrer Aufgabe und den Regeln abzufinden. Sie kannte derartige Spiele offensichtlich nicht. Dafür bestand die Chance, sie zu einer devoten Gespielin zu erziehen, eben weil sie unverdorben war.

Ihr Gesichtsausdruck faszinierte ihn. Wenn er es richtig deutete, dann führte sie gerade einen schrecklichen Kampf mit sich selbst, einen Kampf gegen ihre Moral und ihre Angst.

«Ich werde dir nichts tun. Also knie dich wieder hin und sei gehorsam!», forderte er sie auf und schob ihr mit dem Fuß ein Kissen hin, auf dem ihre Knie sanft landen würden, falls sie seinen Befehl befolgte.

Seine Tonlage irritierte Delia. Sie klang versöhnlich, beinahe bittend. Ihre Lippen zitterten und sie fröstelte.

«Bitte knie dich hin, Delia. Ich möchte dir nicht noch einmal mit der Peitsche Schmerzen zufügen müssen – außer du willst das!»

Delia schüttelte den Kopf. Sie biss sich auf die Unterlippe. Dann ging sie vorsichtig hinunter in die Knie und war erleichtert, ein weiches Polster anstelle des harten Bodens zu fühlen.

«Gut, schon besser. Nun erkläre ich dir noch einmal die Verhaltensregeln. Du wirst nicht schreien, du wirst dich nicht wehren. Du wirst einfach widerspruchslos alles tun, was ich verlange. Du wirst nur reden, wenn ich dich dazu auffordere, und mich nach jeder Antwort mit *Herr* anreden.»

Lennart konnte sehen, wie sehr sie sich bemühte, ihre Unsicherheit zu überspielen und einen beherrschten Gesichtsausdruck aufzusetzen, aber ihm entging trotzdem nicht das leichte Zittern ihres Körpers. Er fuhr fort. «Ich möchte, dass du dich völlig aufgibst und dich mir überlässt. Dein Fühlen, Denken, Handeln gehört ab sofort mir! Dein Körper gehört mir!»

Der Ausdruck «... gehört mir» gellte wie das höhnische Lachen eines Teufels in Delias Ohren.

«Wenn du das schaffst, wird unsere gemeinsame Zeit für dich sehr angenehm sein. Wenn du rebellierst, werde ich dich züchtigen, und glaub mir, du weißt noch gar nicht, was dieses Wort bedeutet!»

Ihr Herz klopfte empört, aufgeregt, panisch. Was war das für ein Mensch? Er sah so geschäftsmäßig, anständig, wohl situiert aus, aber in Wirklichkeit war er – möglicherweise ein Schwein. Oder war sie dabei, seine Worte zu stark zu bewerten? Delia atmete schwer ein und aus, ihre Brüste hoben und senkten sich entsprechend heftig und auf einmal genierte sie sich, dass sie nackt war. Noch nie in ihrem Leben hatte sie sich so hilflos und verwirrt gefühlt. Ausgeliefert. Alleine gelassen. Aber sie erinnerte sich auch daran, was Max ihr geraten hatte, und plötzlich wusste sie, was sie zuvor falsch gemacht hatte.

«Ja, Herr, ich gehöre Ihnen und ich werde mich bemühen, Ihre Wünsche zu erfüllen. Und ich bitte um Entschuldigung. Ich wollte Sie anfassen. Das hätte ich nicht unaufgefordert tun dürfen. Es tut mir leid. Bitte verzeihen Sie mir.»

Verblüfft schaute Lennart auf sie herab. Ihre Verwirrung und Angst waren unübersehbar, und dennoch hatte sie es geschafft, ihm nicht nur aufmerksam zuzuhören, sondern den Grund seines Handelns zu verstehen. Er war beeindruckt. Dass Frauen mehr redeten als Männer, war ihm bekannt. Aber dass es eine von ihnen schaffte, wohl gewählte Worte zu benutzen, war ihm neu und sehr ungewöhnlich.

Sie hörte das zufriedene, gelöste Lächeln aus seiner Stimme heraus, als er ihr antwortete. «Gut, ich nehme deine Entschuldigung an, Sklavin.»

Lennart spielte mit ihrem Körper. Er streichelte sie mit seinen Fingern, mit einer Feder, mit den Lederfransen seiner Peitsche. Dies waren Momente, in denen er die Welt um sich herum vergaß. Delia sollte sich aufgeben, ihre Gedanken ausschalten, nur fühlen. Es war sinnlich, was er machte. Er verlangte völlige Hingabe. Sie sollte und durfte seine Liebkosungen genießen. Als er ihr jedoch über den Po streichelte, seine Finger in ihre Kerbe schob, versuchte sie zum ersten Mal ihm auszuweichen. Noch nie hatte sie dort jemand berührt und es war ihr unangenehm.

Seine Finger kreisten in ihrem Schamhaar und plötzlich wurde ihr schmerzlich bewusst, dass er jederzeit in sie eindringen konnte. Er brauchte nicht zu fragen, war nicht an den respektvollen Umgang gebunden, den Partner miteinander pflegen sollten. Sie war gefesselt und er hatte für dieses Spiel bezahlt, er konnte sie nehmen, wie er wollte, zärtlich oder brutal, von vorne oder hinten, sogar in ihren Anus eindringen. Ihr Körper versteifte sich vor Schreck.

Delias Kopf schnellte empor. «Lassen Sie mich bitte gehen! Nehmen Sie mir das Tuch und die Fesseln ab! Ich kann das nicht! Niemand hat mir gesagt, was –»

Er unterbrach sie mit einem lauten Lachen. Das übermütige Lachen eines Mannes, der weiß, dass er im Vorteil ist. «Warum sollte ich dich gehen lassen – jetzt, wo ich dich endlich besitze? Warum regst du dich so auf. Ich habe doch noch gar nichts gemacht, noch gar nicht richtig angefangen!»

Ihre Naivität überraschte ihn nicht. Max hatte ihm abgeraten, sie sei nicht professionell, sondern eine unschuldige junge Frau, zu anständig, zu brav. Er wisse nicht, ob sie schnell genug lernen würde. Aber genau deswegen wollte Lennart sie ja. Eine schöne, attraktive Beute hatte er sich ausgeguckt.

Er war es gewohnt, erfolgreich zu sein. Erfolgreich im Beruf, eigentlich auch bei Frauen. Er war sich seiner Attraktivität durchaus bewusst. Aber immer wieder ergab sich dasselbe Problem. Sie wollten Gleichberechtigung, Mitbestimmung, in allem. Damit würde er sich nicht abfinden.

Delia brachte die idealen Voraussetzungen für eine Sklavin mit. Sie hatte keine Ahnung von dieser Art Spiele. Hervorragend. Er würde sie nach seinen Wünschen formen. Es würde ihm Vergnügen bereiten, sie zu erziehen, bis sie ihm bedingungslos gehorchte. Auch wenn sie sich noch ein wenig zierte.

Aber der Blick, mit dem sie ihn jedes Mal angeschmachtet hatte, wenn er vor dem Podest gestanden war, hatte alles gesagt. Sie begehrte ihn und wollte begehrt werden. Er würde diesen Umstand zu seinem Vorteil ausnutzen. Er würde sie süchtig machen. Süchtig nach ihm.

Anfangs, als er nach vielen Enttäuschungen mit verschiedenen Frauen bemerkt hatte, wie er von Mal zu Mal wütender wurde und seine Neigung zu Züchtigungen entdeckte, verkehrte er im Haus einer Domina und vergnügte sich mit ihren Sklavinnen. Aber diese waren ihm in ihrem Gehorsam zu künstlich. Sie waren es gewohnt, die Wünsche der Kunden zu erfüllen, in dem Spiel abgestumpft, lamentierten in immer gleichen, einstudierten Worten.

Dann lernte er das Edelbordell von Max kennen. Seine Frauen jammerten aufrichtiger, denn sie waren nicht als Sklavinnen, sondern als Liebesdamen angestellt und übernahmen diesen Job nur widerwillig. Aber sie gaben Lennart nicht das, wonach er suchte, weil sie sich bei alledem professionell verkauften.

Delia war ahnungslos. Sie war die Richtige. Er war überzeugt davon. Vielleicht würde er mit ihr auch endlich wieder eine Erektion haben, ohne hart und grausam sein zu müssen, und seine Frustrationen abbauen. Sie war diejenige, nach der er gesucht hatte. Sie würde bald gehorsam sein, sehr gehorsam. Denn ihr Schmerzempfinden und die Angst, ihm ausgeliefert zu sein, würden sie gefügig machen. Immerhin beherrschte er dieses Spiel, das Spiel mit der Angst und den Sinnen, und wenn er gut drauf war, so wie heute, würde er gnädig sein und ihr auch das Spiel mit der Lust gönnen. Aber das lag nur an ihr. Und das verstand sie noch nicht.

Er lachte erneut leise und durchtrieben. «Nein, ich werde dich nicht gehen lassen. Du bist unartig, wenn du das verlangst, und hast eine Strafe verdient. Aber wenn du sie ohne allzu großes Wehklagen erträgst, werde ich dich belohnen, das verspreche ich dir!»

Er drückte ihren Kopf bis auf den Boden herunter, stellte sich über sie, klemmte sie zwischen seinen Beinen ein und begann ihr abwechselnd mit der linken und rechten Hand auf Po und Schenkel zu klatschen. Zuerst leicht, dann schärfer und immer schneller, zweimal auf dieselbe Stelle, dann woanders hin. Dann wieder zurück. Delia biss die Zähne zusammen. Sie verstand zwar nicht, warum er dies tat, aber sie war sich bewusst, dass sie es ertragen musste, bis er es genug fand. Und vielleicht hielt er Wort und machte es kurz, wenn sie es widerstandslos hinnahm.

Es war ein beißender, brennender Schmerz, der bald ihren Po und ihre Schenkel überzog. Sie wimmerte leise, riss sich so gut es ging zusammen, und es war ein ganz eigenartiges Gefühl, das sie erfasste. Eigentlich hätte sie sich viel mehr schämen müssen, diese Situation als demütigend empfinden, ihn dafür abgrundtief hassen. Aber dieses Gefühl wollte sich partout nicht einstellen. Ihr rebellierender Verstand und ihr nach Berührungen lechzender Körper wollten sich nicht auf eine einhellige Meinung festlegen. Stattdessen fühlte sie bestürzt, wie ihre Schamlippen mehr als zuvor von feuchter Wärme heimgesucht wurden. Plötzlich hörte er auf. Er stellte sich neben sie, krallte seine Hand unsanft in ihre Haare und zog sie in eine aufrecht kniende Position. Delia schnappte ächzend nach Luft.

«Wirst du nun gehorsam sein?», fragte er.

«Ja, Herr, das werde ich», antwortete sie aufrichtig und ein wenig kläglich. Trotz der unerwarteten Züchtigung verkannte sie den Ernst ihrer Situation. Er hatte aufgehört, bevor der Schmerz unerträglich geworden wäre. Es war also doch nur ein Spiel. Wenngleich ein eigenartiges. Delia verspürte das Bedürfnis zu kichern. Sie hatte keine Ahnung, wie gefährlich dieses Spiel sein konnte, wenn einer der Spieler es als Realität betrachtete. «Bitte sagen Sie mir, Herr, was ich tun soll», bat sie lächelnd.

Lennart knurrte. «Nichts, du sollst gar nichts tun. Einfach nur annehmen und gehorchen! Steh auf!»

Mühsam rappelte sich Delia auf die Füße. Er nahm sie am Arm und zog sie mit sich, schubste sie rücklings auf eine Unterlage. Sie fühlte, wie er sich neben sie hinkniete.

«Ich gebe dir eine Chance, deinen Gehorsam zu beweisen! Versprich mir, artig zu sein, deine Hände nach oben weggestreckt zu lassen, nicht zu versuchen, die Augen zu öffnen – egal, was ich mit dir mache!» Langsam zog er das Tuch von ihrem Kopf.

Delia schluckte. Ihre Empfindungen waren viel zu widersprüchlich. Eine erste Woge der Erregung hatte sie erfasst, als er sie herrisch auf die Knie gezwungen hatte. Eine zweite durch seine Liebkosungen. Eine dritte während der Züchtigung.

Wenn das alles war, was er verlangte, *Nichtstun* – vielleicht war sie dann vor diesen Attacken sicher? Das Brennen auf ihrer Haut hatte bereits nachgelassen und der Schrecken seiner Allmacht verlor an Intensität. Ihre Angst war zwar nicht völlig verschwunden, aber seine inzwischen wieder warme, samtige Stimme drang in ihr Herz und beruhigte sie. «Ja, ich verspreche es, Herr. Ich werde Ihnen keinen Anlass geben, mit mir unzufrieden zu sein», erwiderte sie leise.

Ihre höfliche Ausdrucksweise zauberte ein verhaltenes Lächeln auf Lennarts Gesicht. Das war mehr, als er erwartet hatte. Sie war also nicht nur schön, sondern auch klug. Er drehte sie ein wenig auf die Seite, entfernte die Handschellen, drehte sie zurück auf den Rücken, nahm ihre Arme und streckte sie locker neben ihrem Kopf aus.

«Du wirst es genießen und du darfst es genießen!», säuselte er leise. «Aber denk daran, meine Befehle zu folgen!» Dann begann er sie zu streicheln. Zärtlich, sinnlich, überall. Ihre Haare, ihre Nase, ihre Lippen, mit der anderen Hand ihren Hals, die kleine Grube am Halsende, ihre Achselhöhlen, die Rundungen ihrer Brüste und schließlich fühlte sie seine Lippen, wie sie ihre Brüste küssten, abwechselnd an ihren Nippeln saugten, eine Hand kitzelnd über ihren Bauch tiefer wanderte, sanft in ihren gekürzten Schamhaaren kraulte und zielsicher ihre Klitoris fand.

In diesem Augenblick war es um Delias Beherrschung endgültig geschehen. Sie konnte beim besten Willen nicht mehr stillhalten. Zwar ließ sie ihre Arme dort, wo er sie haben wollte, ballte ihre Hände zu Fäusten, um nicht völlig die Kontrolle zu verlieren, aber ihr Körper wand sich vor Lust unter seinen Liebkosungen und ihre Schenkel zitterten vor Begierde.

Für einen Moment hatte sie einen Hauch der Empörung in sich aufsteigen fühlen, als er ihre Klitoris berührte, er, ein ihr fremder Mann drang in ihren intimsten Bereich vor, und sie widerstand nur mühsam dem Wunsch, ihre

Beine zu schließen. Es war fast unerträglich, dort berührt zu werden, egal von wem. Sie hatte es bisher eher als Schmerz empfunden, auch wenn sie es sich selbst machte, diese Perle, die so mimosenhaft zimperlich war.

Lennart nahm ihr kurzes Zurückzucken aufmerksam wahr. Es gefiel ihm mehr und mehr, wie sie sich nun verhielt. Sie entzog sich ihm nicht, protestierte nicht, aber da war etwas, was sie als unangenehm empfand oder wo sie besonders empfindlich war. Er verlagerte seine Position, schob ihre Schenkel behutsam weiter auseinander und kniete sich dazwischen. Erschrocken hielt Delia den Atem an. Ihre Muskeln verspannten sich und ihr bis dahin unverhohlen lüsternes Stöhnen setzte für Sekunden aus.

Lennart senkte seinen Kopf über ihre Scham und begann ihre Klitoris zu lecken. Sanft, engelgleich sanft, wie ein feuchter Hauch.

Delia quiekte leise auf vor Entzücken. Wie machte er das? Als er ihre Schenkel noch ein wenig weiter auseinanderschob und ihre Füße aufstellte, um es ihr bequemer zu machen, gab sie willig nach. Er saugte sanft, leckte erneut, hielt mit seinen Fingern ihre glitschigen Schamlippen auseinander, um mit seiner Zunge tief in ihre warme Spalte einzutauchen und ihren Saft zu kosten. Einfühlsam und langsam arbeitete seine Zunge, über die heiße Perle und die kleinen Schamlippen entlang, um ja keinen Tropfen des köstlichen Nektars zu verschwenden, dessen betörender Duft seine Sinne benebelte.

Delia stöhnte lüstern auf. Allmählich drohte sie ihren Verstand zu verlieren. Es war inzwischen völlig egal, wer er war, dass sie ihn nicht kannte, dass sie vor Überraschungen nicht sicher war, dass er sie vor kurzem noch gezüchtigt hatte. Alles war vergessen. Alles. Dieses sinnliche Gefühl jagte ihr so viele Endorphine durch den Körper, dass ihr trotz der liegenden Position schwindlig wurde. Noch nie hatte sie bei der Berührung ihrer Knospe so viel Lust verspürt. Sie zuckte unkontrolliert vor Wonne.

Langsam schob Lennart seine Hände unter ihren Po, knetete ihn sanft und leckte dabei weiter über ihre Perle, ihre Schamlippen hinunter und wieder zurück. Ihr Saft schmeckte köstlich und es machte ihn zufrieden, wie sie sich hingab und sich ihrer Wolllust und seinem Mund überließ. Ihr Stöhnen wurde lauter, freier, war losgelöst von jeglicher Zurückhaltung. Erfreut fühlte er sein Glied zucken. War er auf dem Weg von seiner persönlichen Katastrophe zurück zur Normalität?

Eines Tages hatte er einen Psychologen aufgesucht. Nach mehreren therapeutischen Sitzungen, die er widerwillig absolvierte, weil sie an seinen

Nerven zerrten, ohne den geringsten Erfolg zu zeigen, hatte der Arzt hatte achselzuckend gemeint, nur er selbst, Lennart, könne den Weg aus seiner psychischen Sackgasse finden. Er wäre nicht in der Lage, ihm bei seinen Erektionsstörungen, an denen wohl tief verletzte Gefühle schuld seien, zu helfen. Irgendwann würde er wieder in der Lage sein, mit einer Frau zu schlafen, ohne sie vorher hart zu bestrafen oder sie mit Gewalt zu nehmen. Er dürfe eben nicht alles so schrecklich persönlich nehmen ... Frauen (und auch Männer) wären nun mal meistens nicht treu. Was ihm passiere, würden Hunderte anderer Menschen täglich ebenso erleben. Aber das war für Lennart kein Maßstab.

Ein Höhepunkt ungeahnten Ausmaßes bahnte sich an. Delia hechelte atemlos, in ihrer Erregung trommelte sie mit ihren Fäusten auf die Matratze, krallte dann ihre Finger in das Laken, schließlich presste sich ganz unten aus ihrer Brust ein erlösender Schrei heraus, ihr Körper erbebte vor Lust und sie nahm die klammernden Hände, die ihre Schenkel ruhig hielten, nicht mehr wahr. Sie schrie, schrie ihren Orgasmus heraus, ihre Vagina zog sich in wilden Kontraktionen zusammen, pumpte, ihr Oberkörper bäumte sich wild auf – dann sank sie nach Luft schnappend, verschwitzt und erschöpft zurück. Es war vorbei. Zumindest glaubte sie das.

Aber Lennart hatte noch längst nicht genug von ihr. «Du darfst nun deine Augen öffnen.» Er nutzte ihre glückselige Benommenheit aus, zog sie in eine sitzende Position, lächelte über ihre artig geschlossenen Augen, die nicht in die Wirklichkeit zurückfinden wollten, und schnappte sich ein Bondage-Tape, um sie schnell und effektiv damit zu umwickeln. Es fühlte sich klebrig an und wiederum auch nicht. Delia riss überrascht die Augen auf. Sie hatte keine Ahnung, was er mit ihr machte. Sie sah das breite knallrote Klebeband, mit dem er sie umwickelte, geübt und schnell, aber es war nicht ungenehm. Ehe sie so richtig begriff, was mit ihr geschah, waren ihre Arme bereits fest an ihren Körper gepresst und sie musste wehrlos alles über sich ergehen lassen.

«Was machen Sie mit mir?»

«Psst!» Er hielt kurz inne, hob ihr Kinn an, um ihr in ihre katzengrünen Augen zu sehen und kritisierte: «Du hast die korrekte Anrede vergessen! Aber ich verzeihe dir noch einmal. Kein Wort mehr! Sonst muss ich deine schönen Lippen leider mit einem Knebel verschließen!»

Ein kühler Schauer lief ihr über den Rücken. Lennart gab ihr einen Schubs und sie fiel rücklings auf die Matratze zurück. Er schlang ein Stück des

Bandes um ihr Bein, wickelte es von oben bis unten in ein gleichmäßiges rotes Streifenmuster ein. Dann befestigte er das Ende am Bettgestell und wiederholte die Prozedur an ihrem anderen Bein. Er ließ sich Zeit dabei, streichelte ihr über die Haut, presste kleine Küsse auf die Innenseite ihres Oberschenkels, auf ihr Knie, zuletzt auf ihre Zehen. Die Sanftheit seiner Berührungen und seine ruhigen Bewegungen nahmen der Situation ihren Schrecken. Delia verfiel erneut in einen Rausch der Verzückung. Sie genoss alles und sie fürchtete sich auch nicht, als er fertig war und sie wehrlos, offen und gespreizt vor ihm lag.

Lennart betrachtete zufrieden sein Ergebnis. Dann holte er eine kleine Peitsche, an deren Ende mehrere Federn und hauchdünne Lederstreifen befestigt waren, und begann damit, abwechselnd kitzelnd leicht über Delias Haut zu streicheln, dazwischen jedoch auch kleine Hiebe auszuteilen, überall, auf ihre Brustwarzen, die wohl geformten Rundungen, ihren Bauch, ihre Schenkel und schließlich auch auf ihre Schamlippen. Delia seufzte, winselte, stöhnte. Sie lernte ihren Körper vollkommen neu kennen, war überrascht, wie sehr sie alles erregte. Ihr Blick folgte seiner Bewegung, hing an seinen Augen und ließ ebenso wenig von ihm ab wie er von ihr. Er wirkte konzentriert wie ein Dirigent, nur um seine Mundwinkel spielte ein kaum merkliches Lächeln.

Dann legte er die Peitsche beiseite, holte einen anderen Gegenstand und befahl ihr, die Augen zu schließen. Delia fühlte ein brummendes Vibrieren auf ihrem Bauch, die Matratze gab ein wenig nach. Er kniete sich wieder zwischen ihre Beine und sie fühlte ein nervöses Kribbeln, weil er ihr so nah war und sie weit geöffnet vor ihm lag. Dann kreiste der Vibrator über ihre Scham, schließlich sanft ihre Klitoris reizend – und Delia hob mit einem leisen Aufschrei des Entzückens ihren Kopf und schaute ihm direkt in seine Augen, als der Vibrator tief in ihre Grotte eindrang.

«Augen zu!», befahl er leise.

Delias Kopf fiel nach hinten zurück. «Bitte verzeihen Sie mir, Herr. Ich wollte nicht ungehorsam sein. Es ist nur so – überwältigend. Bitte nicht aufhören, bitte ...»

Lennart lächelte. Er hatte seinen großzügigen Tag und würde darüber hinwegsehen, dass sie unaufgefordert gesprochen hatte. Denn er war glücklich, dass sie sich endlich entschlossen hatte, ihm zu dienen. Ja, dienen. Indem sie sich unterwarf und alles hinnahm und als Lust empfand, diente sie ihm.

Denn nichts machte ihn zufriedener als die Erregung einer Frau zu beobachten und zu fühlen. Eine Erregung, die sein Verdienst war. Seit Wochen wartete er darauf.

Für einen Moment spürte er eine so intensive Zärtlichkeit, dass es ihm den Atem raubte. Er beugte sich über ihren Unterleib und sein Kopf war fast auf gleicher Höhe mit ihrer Scham, die einen unwiderstehlichen Duft nach Lust und Willigkeit verströmte. Der Wunsch, sie auf ihren Venushügel zu küssen und ihre Perle zu lecken, war beinahe übermächtig.

Er riss sich zusammen, und während er mit der einen Hand sanft über ihre Lenden und ihren Venushügel streichelte, führte er den Vibrator tief hinein und heraus, passte das Tempo Delias schneller werdendem Keuchen an und steigerte die Stöße noch mehr, als er ihren Höhepunkt nahen sah. Geballte Lust lag in ihrem Aufschrei, als sie in ihrer Verschnürung gefangen zappelnd ihren Orgasmus erlebte.

Lennart legte sich neben sie, ließ den vibrierenden Kunststoffpenis in ihrer Vagina stecken, nahm sie in die Arme und küsste ihre Wangen. Ihr erschöpftes Winseln klang wie ein leises *Jihijihi* und er kicherte amüsiert. Dann streckte er eine Hand nach dem Vibrator aus, drehte bis zur höchsten Vibrationsstufe auf und weidete sich an Delias Gesichtsausdruck, der voller Erstaunen und Sinnlichkeit war. Er zog den Vibrator ein Stück heraus und sie schnappte erregt nach Luft. Vorsichtig legte er ihr seine andere Hand über den leicht geöffneten Mund und stieß erneut zu. Sie atmete mit hörbarem Schnaufen durch die Nase, ihre Augen wurden größer, dann klappten ihre Lider zu, sie gab sich völlig ihrer Erregung hin und er fühlte, wie ihr ekstatischer Aufschrei sich gegen seine Handfläche presste, als er noch einmal tief in sie hineinstieß.

Dann fiel ihr das Atmen auf einmal noch schwerer. Sein Körper lastete drückend auf ihr. Jedoch nicht lange. Er stemmte sich ein wenig empor, küsste ihre Brüste, ihren Bauch, ihre Scham. Das Atmen wurde wieder leichter. Mit beiden Händen griff er unter ihren Po, knetete genüsslich ihre Backen, hob sie so weit an, wie es die Fesseln zuließen, legte ein dickes Kissen unter. Dann drang er in sie ein.

Delia riss die Augen auf. Das konnte nicht mehr der Vibrator sein! Sie keuchte, starrte in seine rabenschwarzen, glänzenden Pupillen, gab sich seinem stoßenden Rhythmus hin. Seine pulsierende Männlichkeit musste gewaltig sein, denn sie spürte ihn trotz der vorangegangenen Penetration mit dem großen Vibrator deutlich. Dann fühlte sie, wie aus dem Pulsieren eine Eruption heranwuchs und sich zuckend, unter einem befreit klingenden Aufschrei seine Ladung ergoss und ihr Schoß erneut in einem gewaltigen Flammenmeer aufging.

Alles, was danach geschah, nahm Delia kaum noch wahr. Wie er sie von dem Bondageband befreite, Stück für Stück genussvoll wie ein Geschenkpaket auswickelte, sie auf dem Boden niederknien ließ, ihr das Versprechen abnahm, nächsten Freitag wieder zu kommen. Dann hatte er den Raum verlassen.

Sie kniete noch genauso da, mit geschlossenen Augen, als Mona kam und ihr einen Morgenmantel brachte, sie in den Schmink- und Umkleideraum zurückführte.

Kapitel 7

Das Sonnenlicht blinzelte neugierig durch die Ritzen des halb geschlossenen Rollladens. Delia schlug die Augen mit einem Ruck auf und starrte verwirrt an die Decke. Sie hatte es getan! Warum hatte sie getan? *Ist doch egal!*

Sie schwang die Beine aus dem Bett und saß wie benebelt auf der Bettkante, eine Hand zwischen ihren Schenkeln, vorsichtig nach ihrer Klitoris tastend. Aber das Gefühl, dieses wunderbare, aufheizende Gefühl war vorbei. Es fiel ihr schwer, sich zu erinnern, was nach ihrem Orgasmus geschehen war. Sie hatte sich auf die Seite gedreht, für einen Augenblick völlig vergessen, wo sie sich befand und mit wem. Dann hatte sie einen sanften Klaps auf ihrem Po gespürt und auf einmal in ein männliches, leicht amüsiert blickendes Gesicht gesehen.

Natürlich hatten Max und Mona gefragt, wie es gewesen war. Delia machte auf die beiden einen völlig überdrehten Eindruck. Sie benahm sich fast ein wenig, als ob sie Drogen eingeworfen hätte. Mit euphorischer Stimme hatte sie verkündet, dass sie am nächsten Freitag gerne wieder käme und dass es ein ganz wundervoller Mann sei, unglaublich sinnlich, und alle würden ihn völlig verkennen ... Sie erwähnte nicht, dass Lennart die ganze Zeit über angekleidet geblieben war und erst ganz am Schluss mit ihr geschlafen hatte. Es war ihr egal, was er für Gründe hatte. Ihr ging es gut. Eigentlich hätte sie für diese Stunden bezahlen müssen, nicht er. Sie hatte noch nie mehrere Orgasmen hintereinander erlebt, noch dazu so gewaltige, und fühlte sich zum Bäumeausreißen gut.

Das Wochenende und die Arbeitswoche schienen nicht vergehen zu wollen. Delia fühlte sich aufgekratzt, übermütig. Es war eine Qual, in die Arbeit zu gehen und sich konzentriert mit trockenen Zahlen zu befassen. Bis Dienstagabend. Da fand dieser Rausch in ihrem Bemühen, sich mit ihrem Vibrator ähnlich aufregend zu befriedigen, wie Lennart es gemacht hatte, ein jähes Ende. Nichts ging. Aber wirklich gar nichts.

Wütend wickelte sie sich in ihre Bettdecke ein und grübelte. Vielleicht käme er ja gar nicht wieder. Oder hätte andere Pläne mit ihr. Es war wohl besser, sich nicht einen gleichermaßen befriedigenden Abend vorzustellen. Ob sie

Sabrina von ihrem Erlebnis erzählen und sie um Rat fragen sollte? Aber die jettete gerade mal wieder um die halbe Welt und war nur auf dem Handy zu erreichen. Vielleicht würde sie ihre Freundin sogar aus dem Schlaf aufjagen. Delia verwarf den Gedanken.

Irgendwie verging auch der Rest der Woche und Delia bereitete sich auf ihren Abend vor. Lennart hatte ihr, bevor er gegangen war, ins Ohr geflüstert, als wäre es ein Geheimnis, dass sie sich für ihr nächstes Treffen rasieren solle, gründlich und überall. Es kostete Delia Überwindung, ihre Schamhaare zu entfernen. In der Pubertät war sie sehr stolz darauf gewesen, wie sich ihr Körper entwickelte. Und es hatte sich nie etwas an ihrer Meinung geändert, dass zu einer erwachsenen Frau – oder einem Mann – auf jeden Fall auch Schamhaare gehörten. Ein wenig kürzen war in Ordnung, einfach hygienischer. Aber ganz entfernen? War das nicht albern?

Mit gemischten Gefühlen betrachtete sie sich vor dem großen Spiegel in ihrem Schlafzimmer und fuhr scheu mit der Hand über ihren nackten Venushügel. Sie kam sich fremd vor. Das war nicht der Schambereich einer Frau, sondern der eines kleinen Mädchens. Dabei war sie so stolz gewesen, als in der Pubertät endlich diese Haare wuchsen, später als bei den meisten ihrer Freundinnen. Und nun? Die Rundung der Klitoris und ihre Schamlippen waren ein wenig zu sehen. Sie war nackt, bloßgelegt. Es war schamlos. Delia runzelte die Stirn. Diesmal würde sie also noch offener für ihn sein, kein Detail bliebe seinem Blick verborgen. Sie fühlte sich bei dem Gedanken unwohl.

Abrupt wandte sie sich ab. *Hop oder top.* Entweder sie akzeptierte seine Wünsche oder sie ging nicht hin! Aber Letzteres stand eigentlich außer Frage.

An diesem Abend fiel es Delia leichter, die anderen Männer zu ignorieren. Ihr Blick war starr auf den Eingangsbereich gerichtet, von dem sie durch die schmale Lücke in der Raumabtrennung aus ihrer Position nur einen Teil sehen konnte. Und wenn er seine Reservierung nicht wahrnehmen würde? Wenn er es sich anders überlegt hätte oder ihm etwas dazwischen gekommen wäre? Delia wurde von Minute zu Minute unruhiger. Als Mona sie für eine Pause vom Podest holen wollte, lehnte sie ab. Sie brauchte Ablenkung, sonst drehte sie noch durch.

Dann endlich, der schwere Vorhang wurde von einer Hand beiseitegeschoben. Sie gehörte Lennart Kerner. Delia atmete tief durch. Ihr Herz begann wie wild zu hämmern und sie fühlte, wie ihr unter seinem Blick augenblicklich der Schweiß ausbrach und ihre Vagina zu pumpen anfing.

Er kam nicht näher, sondern betrachtete sie regungslos, dann erschien ein schwaches Lächeln in seinen Mundwinkeln und er ging quer durch das Foyer auf den Gang zu, der nach unten führte. Delia hätte nicht zu beschreiben vermocht, wie er gekleidet war. Nichts hatte sie wahrgenommen. Gar nichts. Nur seinen Gesichtsausdruck. Stolz, herrisch und ein wenig melancholisch.

Es dauerte nicht lange und Delia wurde von Mona abgeholt. Sie zog ihre Haremskleidung aus. Mit nichts außer ein paar roten High Heels bekleidet stand sie vor dem Zimmer, das Mona ihr genannt hatte. Sie hielt nervös die Luft an und klopfte zweimal kräftig mit ihren Fingerknöcheln an die Tür. Ein lautes «Herein» ließ sie eintreten und sie schloss leise die Tür hinter sich. Dann legte sie die Hände auf den Rücken, spreizte die Beine wie gewünscht und blieb mit gesenktem Blick stehen.

«Sklavin Delia steht zu Ihrer Verfügung, Herr!», sagte sie mit fester Stimme. Und sie meinte es durchaus wortwörtlich. Er sollte sie benutzen, wann und wie es ihm beliebte. Hauptsache, er brachte wieder ihren Körper zum Vibrieren, so wie beim letzten Mal.

«Guten Abend!» Lennart betonte seine Worte und Delia wurde bewusst, dass sie nichts dergleichen zur Begrüßung gesagt hatte. Ihre Anspannung stieg.

«Komm näher, langsam.»

Delia gehorchte. Sie setzte vorsichtig einen Fuß vor den anderen, versuchte sich dabei möglichst weich und anmutig zu bewegen. Die Absätze waren besonders hoch, höher als sie sie normalerweise trug, aber sie kam damit zurecht. Jeder Schritt wurde von einem leisen Klacken auf dem Fußboden begleitet.

Sie näherte sich der Mitte des Raumes, die von dem gekreuzten Licht mehrerer gedimmter Spots in angenehmer Helligkeit erleuchtet war.

«Stopp!» Lennart näherte sich ihr, hob ihr Kinn mit zwei Fingern an und sah ihr ins Gesicht. «Warst du artig die Woche über?», fragte er streng.

Verwirrt erwiderte Delia: «Verzeihung, Herr, was meinen Sie damit?»

Seine Fingerspitzen bohrten sich in die kleine Grube unter ihrem Kinn. «Hast du dich selbst befriedigt?»

Delia hob empört die Augenbrauen. Wie kam er dazu, sie derart persönliche Dinge zu fragen?

«Nun? Willst du deinem Herrn nicht antworten, Sklavin?» Lennarts Stimme klang spöttisch und seine Augen funkelten.

«Ja, ich habe mich selbst befriedigt, Herr. Aber warum wollen Sie das wissen? Ich glaube nicht, dass das verboten ist oder dass es Sie irgendetwas angeht, was ich unter der Woche treibe», antwortete sie frech und sah ihn an. Augenblicklich wurde ihr klar, dass sie einen Fehler begangen hatte.

Lennart erwiderte nichts, aber sein Gesichtsausdruck verhärtete sich und drückte alles aus. Er war enttäuscht. Dann schüttelte er seinen Kopf, als ob er etwas von sich schleudern wollte, und deutete auf das Bett.

«Leg dich hin!»

Schweigend legte er ihr Fesseln an Hand- und Fußgelenken an, machte sorgfältig und eng die Verschlüsse zu. Er zog ihr die Arme nach oben, hakte eine Kette an einer Öse der Fesseln ein, führte sie um die Metallstäbe des Bettgestells. Ebenso verfuhr er mit ihren Fußfesseln, band ihre Beine eng aneinander und fixierte die Kette am Gestell, sodass sie weder strampeln noch ihm ausweichen konnte.

Delias ängstliches Herzklopfen wich einem erregten, als er begann, sie überall zärtlich zu streicheln. Sein Gesichtsausdruck war wie versteinert gewesen, sodass sie sich gefragt hatte, was er vorhaben würde. Endlich entspannte sich seine Miene. Mit einem Federbusch fuhr er kitzelnd über ihren Körper, brachte alle Nervenenden ihrer Haut dazu, sich nach seiner Berührung zu sehnen. Dann verwöhnte er sie wie ein lauer Sommerwind, indem er sie von oben bis unten mit kleinen gehauchten Küssen bedeckte, und sie wand sich unter dieser sinnlichen Berührung, soweit es ihre Fesseln zuließen. Mit leisem Jauchzen begleitete sie jede seiner einzigartigen Liebkosungen.

Nach einiger Zeit straffte er die Fesseln, zunächst an den Armen, die anschließend vollkommen schräg nach oben zu den Stäben am Kopfende gezogen waren. Er küsste sie zärtlich, strich ihr eine Strähne aus den Augen.

Doch damit nicht genug. Er löste einen der Stricke, mit dem er ihre Fußfesseln an den Stäben des Fußendes festgebunden hatte, zog ihren Fuß weit nach außen.

«Nein, bitte nicht so», hauchte Delia kläglich. Wenn er sein Vorhaben zu Ende führte, würde sie völlig gespannt und vor allem absolut gespreizt vor ihm liegen. Er würde vom Fußende aus direkt auf ihre blank rasierte Muschi blicken, vielleicht würden sich unter dieser Stellung sogar ihre Schamlippen alleine voneinander lösen. Delia bäumte sich instinktiv auf, versuchte ihm ihren Fuß zu entziehen und stieß einen spitzen Schrei aus, als er plötzlich neben ihr auf dem Bett kniete und grob ihr Kinn packte.

«Kein Wort und kein Widerstand! Du bist meine Sklavin, hast du das schon vergessen?» Er gab ihr Kinn frei.

«Nein, es tut mir leid, Herr», wimmerte sie mit bebenden Lippen. Sein Blick war kühl und stechend. Ihre Lippen zitterten, als sie leise hinzufügte: «Sie machen mir Angst! Ich fürchte mich davor, so völlig nackt und offen vor Ihnen zu liegen!»

Er erwiderte nichts, griff wieder nach ihrem Bein und diesmal ließ sie widerstandslos geschehen, dass er es streng festband. Dasselbe geschah mit ihrem zweiten. Delia schnappte leise nach Luft. Die Angst verspannte ihre Muskeln. Es war unbequem und ungehörig, derart gespreizt vor ihm zu liegen.

Zufrieden stand Lennart am Fußende und betrachtete sie, seine Sklavin, seine Beute. Sie würde schon noch lernen, dass es besser war, widerspruchslos zu gehorchen.

Delia hatte die Augen geschlossen. Sie ertrug es nicht, von ihm auf diese Weise betrachtet zu werden. Aber sie konnte nicht verhindern, dass es sie gleichzeitig auch erregte. Er würde sehen, dass sie feucht war. Sie fühlte, wie er sich wieder neben ihr auf das Bett kniete, sanft über ihren Venushügel streichelte, dann den Bauch hinauf und mit beiden Händen ihre Brüste umfasste und liebevoll knetete. Er lachte leise, ein wissendes, allmächtiges, herrisches Lachen.

«Öffne die Augen! Schau, was ich mit dir mache! Ich will, dass du mir zusiehst! Du kannst dich nicht verstecken, kannst nicht vor mir verbergen, dass es dich erregt, auch wenn du noch so empört und jungfräulich tust!»

Seine Finger zupften energisch an ihren Nippeln und Delia riss quietschend die Augen auf. Er zog ihre Brustwarzen länger und länger, ihre Brüste wurden schmäler, versuchten unter seinem Zug mitzugehen.

«Du gehörst mir, vergiss das nicht, Sklavin!»

«Bitte nicht», dachte sie und biss sich auf die Lippen, um nicht aufzuschreien. Doch noch während er alles andere als zärtlich ihre Nippel zwischen seinen Fingern drehte, zupfte und mal da, mal dorthin in die Länge zog, lief ihre Vagina über und sie schaffte es nicht, ihr wollüstiges Stöhnen zu unterdrücken. Sie fühlte, wie die Feuchtigkeit ihre Poritze hinunterfloss und das Laken unter ihr tränkte. Ihre Brustwarzen schmerzten, aber es war ein ungeheuer lustvoller Schmerz.

Lennart beugte sich über sie, knabberte mit seinen Zähnen gefährlich an ihren Nippeln, saugte fest daran. Delia wand sich in den Fesseln, es wurde ihr immer heißer, ihre Angst wich einer unerträglichen Lust, die sich noch steigerte, als er auf einmal wieder unsagbar zärtlich wurde. Sanft blies er seinen Atem über ihre gefolterten Nippel, kühlte sie, streichelte den rosigen Hof, küsste ihre Rundungen und leckte die feinen Schweißperlen auf, die sich zwischen ihren Brüsten gebildet hatten.

Wenn er so weitermachte, würde sie ihren Verstand verlieren. Sie fürchtete sich davor, diese Sachen hemmungslos zu genießen, die er mit ihr machte, und Lennart las dies in ihrem Gesicht. Aber genau dorthin würde er sie bringen, und dann gehörte sie ihm. Denn je öfter sie es erleben würde, desto süchtiger würde sie danach werden und demütig darum betteln.

Sanft streichelten seine Finger ihren nackten Venushügel. Ihre Scham war weich wie Babyhaut und ihre erregte Klitoris lag frei, herausgequollen in ihrer Lüsternheit. Er beugte sich über sie, leckte mit seiner Zungenspitze darüber und grinste über Delias Töne. Sie quiekte und prustete unter der lustvollen Berührung seiner Zunge. Ihre Ah's und Oh's erregten ihn.

Ohne von ihrer Perle abzulassen, wechselte er seine Stellung und kniete sich zwischen ihre gespreizten Beine. Delia entfuhr ein kurzer Schrei. Über ihren fast flachen Bauch hinweg blickte er direkt in ihre Augen. Sie hatte ihren Kopf gehoben, soweit die gestreckte Spannung ihres Körpers dies zuließ, und sah ihn mit einer Mischung aus Furcht, Zustimmung und Erregung an. In ihren Augen lag ein fiebriges Glänzen und ihre vollen Lippen waren leicht geöffnet, zitterten, keuchten. Tief aus ihrer Kehle rangen sich leise quiekende Töne nach oben, die ihre ganze Lüsternheit preisgaben.

Lennart hob seinen Kopf, leckte sich über die Lippen und fauchte wie ein wildes Tier. Delias Augen hingen gebannt an ihm, folgten ihm auf den wenigen Schritten zu einem kleinen Tisch, auf dem er diverse Gegenstände bereitgelegt hatte. Seine Bewegungen waren geschmeidig wie die einer Raubkatze. Er hielt das, was er geholt hatte, hinter seinem Rücken verborgen, kniete sich wieder zwischen ihren Beinen nieder, streichelte dabei ihre Schenkel und sie wimmerte erregt. Es machte sie schier verrückt, nackt und gespreizt vor ihm zu liegen. Er würde bestimmt bald in sie eindringen, von seinem Recht Gebrauch machen.

Es war um ein Vielfaches erregender, es nicht selbst zu tun, sondern ihm ausgeliefert zu sein und seine Hände dabei zu beobachten, wie sie über ihre

Haut, ihren Venushügel, ihre Perle streichelten. Behutsam, als könne er sie verletzen, teilten seine Finger ihre Schamlippen, ohne einzudringen. Dabei ruhten seine Augen unentwegt auf ihrem Gesicht, nahmen jede noch so geringe Veränderung wachsam auf.

Der Vibrator kreiste summend auf ihrer Klitoris, versetzte sie in sanfte Schwingungen. Sein Gesichtsausdruck war ruhig, konzentriert und nichts über seine Gefühle verratend. Dieser raffinierte Mistkerl, wie sie sich nach ihm verzehrte! Delia ächzte vor Lust.

Der Vibrator zog weitere Wege über ihren Bauch, ihre Schenkel, rund um ihre Scham, dann wieder zurück über ihre gierige Lustperle, auf der Innenseite ihrer Schamlippen, verteilte die glitschige, warme Feuchtigkeit. Doch dann glitt er weiter über ihre Rosette, tanzte über ihr, bohrte ein wenig an ihrem Eingang. Auf Delias Lippen formte sich ein abwehrendes Nein, doch da beendete Lennart diese süße Folter und schob den Vibrator mit einem Ruck tief in ihre Vagina hinein.

Delia schrie auf vor Lust und ihr Blick war voller Erstaunen. Lennart lachte entzückt auf. Er verstärkte die Vibrationen, schob den künstlichen Bengel sanft vor und zurück, streichelte gleichzeitig weiter ihre Klitoris. Delias leises Stöhnen ging in ein schnelles Keuchen über, sie verlor die Kontrolle, ein wenig Speichel löste sich aus ihren Mundwinkeln. Schweißperlen standen auf ihrer Stirn und verklebten ihre Haare, gaben ihrem Gesicht ein wildes Aussehen.

Lennart lachte leise und erhöhte das Tempo. Delias Kopf fiel zurück. Es war beinahe unerträglich schön. In ihrer Erregung zerrte sie hilflos an ihren Fesseln, ihr Keuchen wurde lauter, ihre Töne drückten die ganze ungeduldige Gier und Geilheit aus, von der ihr Körper ergriffen war.

Dann schrie sie entsetzt auf. Lennart hielt in dem Augenblick in der Bewegung inne und schaltete den Vibrator aus, als sie fast ihrem Höhepunkt entgegenflog. «Nein, nicht aufhören, nein!» Ihre Stimme überschlug sich. Sie sah an sich herab. Der Vibrator ragte immer noch aus ihrer Vagina heraus, steckte tief versunken drinnen, dehnte sie auf, aber rührte sich keinen Millimeter.

In herrischer Haltung stand Lennart neben dem Bett und sah auf sie herab. Seine kühlen grauen Augen erwiderten ihren verwirrten Blick ruhig und unverwandt. Dieser Mann hatte eine sonderbare, mühsam kontrollierte Ruhelosigkeit an sich, eine aufgestaute innere Anspannung, die ihn fast wie eine Aura umgab. Delias Aufbegehren erstarb bei seinem Anblick. «Bitte, Herr», bettelte sie kläglich. «Bitte machen Sie doch weiter!»

Sein Lächeln wurde freundlicher. «Schon besser, du wirst mich um deinen Orgasmus bitten, aber nicht so!», sagte er und holte etwas vom Tisch. «Mund auf!», kommandierte er.

Delia blickte ihn verwirrt an. Zögernd öffnete sie ein wenig ihren Mund und schloss ihn wieder, als sie sah, was er in der Hand hielt. In entsetzter Abwehr schüttelte sie ihren Kopf.

Lennart zeigte jetzt ein teuflisches allmächtiges Grinsen. «Du vergisst, dass ich mit dir machen kann, was ich will! Und ich werde dir diesen Knebel anlegen, ob dir das nun passt oder nicht. Also mach den Mund auf oder muss ich dir erst die Nase zuhalten?»

Delia seufzte ergeben und öffnete den Mund.

«Noch weiter, so ist es gut. Braves Mädchen!»

Hilflos musste sie erdulden, wie er ihr den roten Ballknebel zwischen die Zähne schob und das Band hinter ihrem Kopf schloss. Ihre Kiefer bissen verkrampft zu und sie würgte in dem Versuch zu schlucken.

«Ruhig, entspann dich, sonst wird es dir Schmerzen bereiten!» Er knetete in einer sanften Massage über ihre Kieferknochen, ihre Wangen, ihr Kinn. Allmählich beruhigte sie sich wieder. Der Würgereiz und die Verkrampfung ließen nach. Er lächelte sie beruhigend an. «Na also, geht doch. Gleichmäßig durch die Nase atmen!»

Dieser Mistkerl! Wie ist es nur möglich, dass er ständig sein Verhalten ändert? Mal verbreitet er einschüchternde Strenge, dann säuselt er wie ein Romeo!

«Du willst Befriedigung? Nun, dann bitte mich mittels deiner Augen fortzufahren!»

Delia stöhnte. Überrascht stellte sie fest, wie dumpf und laut der Ton sich in ihrem Körper anfühlte, während offenbar nichts davon nach außen drang.

Lennart grinste erneut satanisch. «Nun? Ich warte!»

Delia versuchte einen flehenden Blick aufzusetzen, zwinkerte, schaute zwischen dem Vibrator, der immer noch stumm in ihr drinnen steckte und von den sensiblen Muskeln ihrer Vagina umklammert wurde, und seinen Augen hin und her. Lennart lachte und diesmal war es ein gutmütiges, erfreutes Lachen.

Er stellte den Vibrator wieder an und grinste übermütig, als Delia wie unter Strom gesetzt zusammenzuckte. Langsam zog er den Vibrator heraus, schob ihn wieder hinein, drehte ihn in ihr, machte ihn aus und weidete sich mit schallendem Lachen an ihrem entsetzten Gesichtsausdruck. Delia hätte am liebsten geweint. Sie war ihrem Höhepunkt nahe, ganz nahe, aber er schien genau zu wissen, wo die Schwelle war, hörte immer im entscheidenden Augenblick auf. Sanft streichelten seine Fingerspitzen über ihren Venushügel, umkreisten ihre Klitoris, neckten sie.

Delia blickte auf seine Hose, aber Lennart schüttelte den Kopf. «Nein, meinen bekommst du heute nicht, den musst du dir erst noch verdienen!»

Und während Delia verblüfft überlegte, warum ein Mann, der Geld für eine Nacht mit ihr hinlegte, nicht mit ihr vögeln wollte, stieß er den Vibrator erneut mehrmals tief in sie hinein und Delia schrie, schrie ihre ganze Lust und ihren Orgasmus in den Knebel hinein, warf ihren Kopf hemmungslos hin und her und vergaß ihre grüblerischen Gedanken.

Kapitel 8

Delias Podest-Zeit war vorbei. Seit Wochen trafen sie und Lennart sich jeden Freitagabend. Er duldete nicht länger, dass sie sich auch vor anderen Männern präsentierte und zahlte eine horrende Summe, damit Max sie freigab und eine andere Frau zur Schau stellte.

Gerne hätte Delia mehr über ihren eigenartigen Liebhaber erfahren. Warum er das machte, warum hier und dafür bezahlen. Warum traf er sich nicht mit ihr irgendwo ganz privat. Doch sie erfuhr nichts. Denn Lennart duldete kein unnötiges Geschwätz und Delia gab sich ihm gerne in absolutem Gehorsam hin, weil er sie dafür reichlich entlohnte. Nicht nur mit Geld. Viel wichtiger waren ihr seine Zärtlichkeiten geworden, die Leidenschaft, die er in ihr entfachte. Inzwischen bezog er auch eine gemeinsame Mahlzeit mit ein. Er bestellte Spezialitäten und Sekt und ließ es sich nicht nehmen, sie damit zu füttern.

«Er behandelt mich wie eine lebendige Puppe», dachte Delia, während sie genüsslich das Stück Käse und die Olive kaute, die Lennart ihr soeben in den Mund geschoben hatte. Sie kniete auf einem dicken weichen Kissen zwischen seinen Füßen und himmelte ihn mit ihrer grünen Iris, die von kleinen gelben Sprenkeln durchzogen war, vertrauensvoll an. Es machte ihr nichts aus, dass er ihr die Hände auf den Rücken gefesselt hatte. Im Gegenteil. Diese Aktion versetzte sie in eine hocherotische und erwartungsvolle Stimmung, war der erste Auslöser für eine sexuelle Stimulation ihres Körpers.

Lennarts innere, nach außen mühsam verborgene Unruhe war nun nicht mehr Ausdruck von Stress und Unzufriedenheit, sondern lediglich ein Zeichen freudiger Erwartung ihres nächsten Treffens. Mehr und mehr gestand er sich ein, dass ihn dieses Spiel in dem Maße erregte, das er sich erhofft hatte. Er verzichtete meistens auf Züchtigungen, zumindest auf die von der strengen Art, denn Delia hatte schnell gelernt, seine Befehle zu befolgen, und sie gab sich seinen sinnlichen Berührungen in ehrlicher Freude hin. Wenn nötig erhielt sie einige Klapse auf Po und Schenkel, die sie sofort und ohne Protest in eine devote Haltung und lüsterne Stimmung versetzten. Er befriedigte sie nach allen Regeln der Kunst und weidete sich an ihren Reaktionen.

Eine merkwürdige Scheu, die er sich selbst nicht erklären konnte, hatte ihn bislang davon abgehalten, seine Rechte als ihr Herr und als zahlender Kunde unmissverständlich auszunutzen und sie in einer Weise zu demütigen, wie er es bislang skrupellos bei den Nutten gemacht hatte, mit denen er mangels besserer Gelegenheit seine Lust stillte. Gewiss, er schlief mit Delia, aber er hatte sich bislang weder oral von ihr befriedigen lassen noch probiert, ob er sie zu analem Sex überreden konnte.

Delia reckte ihren Hals, richtete sich in ihrer knienden Position auf, um wie ein dressiertes Hündchen nach den Trauben zu schnappen, die er über ihrem Gesicht baumeln ließ. Doch statt der Trauben war auf einmal sein Mund über ihrem, und seine Hand stützte ihren Nacken. Und dann küsste er sie, doch nicht stürmisch, wie sein überraschender Angriff vermuten ließ, sondern zart, behutsam, sanft. Seine Zungenspitze tanzte sinnlich auf der ihren. Kein wildes, unsensibles Bohren. Im Gegenteil, sein Kuss war zarte, sinnliche Verführung.

Dieser Blick. So viel Zärtlichkeit lag darin, Übereinstimmung, Verbundenheit – und Delia wusste, sie würde es wieder nicht übers Herz bringen, diese Vertrautheit mit einer der Fragen zu durchbrechen, die ihr auf der Seele lasteten.

«Heute möchte ich, dass du ihn tief in deinen süßen Mund nimmst», murmelte er leise und küsste ihr über die Wangen, die Nase, den Hals. Ihr leises Seufzen war die reinste Aufforderung. «Wer bin ich?», flüsterte sein Mund nahe an ihrem Ohr.

«Mein Herr und Gebieter», hauchte sie sehnsuchtsvoll. «Ich werde alles tun, was Sie glücklich macht!»

Er öffnete seine Hose, die er selten völlig auszog, doch diesmal fielen alle Kleidungsstücke. Sie sah ihm atemlos zu. Sexy stand er vor ihr, aufrecht, fordernd, und schob ihr seinen harten Schwanz tief in den Mund. Delia presste entzückt ihre Lippen um seinen Schaft, dann begann sie hingebungsvoll zu saugen. Lennart stöhnte, es ging ihm zu schnell, sie machte das gut, sehr gut. Aber er wollte mehr.

Seine Arme zogen sie hoch. Er küsste sie gierig, dann drehte er sie um, mit dem Rücken zu sich, schob sie über den Rand des ledernen Sessels. Seine warmen Hände packten ihre festen Pohälften, zogen sie ein wenig auseinander und er drang von hinten in sie ein, ungestümer, als sie erwartet hatte. Aber sie war so erregt, dass es ihr nichts ausmachte, sondern ihre Vagina in heiße Zuckungen versetzt wurde. Delia hob ihren Kopf. Sie stöhnte laut auf. Seine Hüfte kreiste und dann eroberte sein Penis ihren Schoß noch kraftvoller, stieß zu wie besessen. Wie bei einem geilen, wilden Hengst schnellte sein Unterleib vor und zurück. Ihre Vagina war weit und willig, sie wollte, dass er sie hart ritt und er schien ihre Wünsche zu kennen.

Sie stöhnten im gleichen Rhythmus. Es gab nichts mehr außer ihrer unbändigen Lust, nichts mehr außer diesen köstlichen Eruptionen, die den Verstand ausschalten und nur noch das Streben zu dem alles übersteigenden Höhepunkt gelten lassen.

Eine Zeit lang lagen sie ineinander verschlungen auf dem breiten, weich gepolsterten Bett, das von einem üppigen Baldachin überdacht war. Delia war glücklich. Sie durfte seine Umarmung erwidern, streichelte sanft über seine Lenden und räkelte sich dabei.

Plötzlich richtete Lennart sich auf, holte ein Buch und Delia schaute ihn überrascht an. Was sollte denn das? Er setzte sich im Schneidersitz ihr gegenüber und begann zu lesen. Zwischendurch schaute er sie kurz über den Rand des Buches hinweg an. Sie hing wie gebannt an seinen Lippen. Offensichtlich traf der Inhalt, ein spannender Thriller mit integrierter Liebesgeschichte genau ihren Nerv. Er hatte immer davon geträumt, gemeinsam mit seiner Partnerin abends im Bett liegend ein Buch zu lesen. Er fand das unglaublich romantisch. Aber es war nie dazu gekommen. Eine Woge des Glücks erfasste ihn. Nachdem er zwei Kapitel vorgelesen hatte, hielt er inne und fragte:

«Möchtest du weiter vorlesen?»

Delia hob die Augenbrauen und setzte sich auf. «Was, ich? Nein, bitte. Sie können das viel besser. Es ist toll, wie Sie Ihre Stimme modulieren, lauter und leiser werden. Mir ist gerade ein kalter Schauer den Rücken heruntergelaufen, als die beiden Hauptfiguren durch den Keller liefen! Ich hatte das Gefühl, ich wäre dabei. Bitte lesen Sie weiter.»

Seine Augen leuchteten erfreut auf. Aber er klappte das Buch zu und legte es beiseite. «Nächstes Mal! Jetzt werde ich erstmal dafür sorgen, dass dir wieder warm wird!» Er drückte sie sanft zurück in die Kissen, beugte sich über sie und begann sie überall zu küssen.

Kapitel 9

Nur ungern hatte Delia bei Max angerufen und abgesagt. Das letzte Treffen verlangte nach einer Wiederholung und alleine der Gedanke, darauf zu verzichten, war unerträglich. Nach all diesen neuen Erfahrungen verlangte ihr Körper nach Sex, nach dem Mann, der den Ablauf bestimmte und so erfindungsreich ihre Lust mal bändigte, mal vorantrieb. Sie sehnte sich danach, seine Hand auf ihrem Po zu spüren, in kleinen erregenden Klapsen, diesen eigentümlich brennenden Schmerz zu fühlen, der ihre Vagina erhitzte und bereit machte.

Aber die Einladung zur Geburtstagsparty einer Kollegin war kurzfristig und unerwartet gekommen und sie musste sich entscheiden. Eigentlich stand sie dieser Kollegin nicht sehr nahe, gewiss, sie verstanden sich gut, aber sie arbeiteten nicht eng zusammen. Aber das konnte sich jederzeit ändern, und außerdem waren noch mehr Mitarbeiter aus ihrer Abteilung eingeladen und Delia wollte sich nicht als Einzige ausschließen.

Doch den ganzen Abend über dachte sie nur an Lennart, an seine zärtlichen Berührungen, seine sinnlichen Küsse und an ihre überwältigende sexuelle Vereinigung. Sie fühlte beinahe seine Augen auf sich ruhen, prüfend, jeden Widerspruch im Keim erstickend. Aber ihr war ohnehin kaum noch danach, sich ihm zu widersetzen. Sie sehnte sich im Gegenteil auf eine ihr selbst unverständliche Weise danach, dass er etwas Unmögliches von ihr verlangte, was sie Überwindung kosten würde, nicht trotzig, sondern gehorsam zu sein.

Alleine der Gedanke an Lennart versetzte Delia in eine erregte Stimmung. Hastig trank sie von dem Sekt, den ihr ein Kollege gereicht hatte. Sie fühlte, wie ihr das Blut in die Wangen stieg. Lieber einen Schwips riskieren und die Röte darauf zurückführen, als dass jemand ihr etwas anmerkte. Geistesabwesend lauschte sie der Unterhaltung der anderen und wartete ungeduldig darauf, dass die Party zu Ende wäre.

Der nächste Morgen begann mit Kopfschmerzen. Delia tapste mit zusammengekniffenen Augen ins Bad, um eine Tablette zu nehmen. Sie schnitt ein paar Grimassen, als sie sich im Spiegel betrachtete. Eine Dusche würde ihr sicherlich guttun. Ihre Augen waren glanzlos. Sie sah grau, verkniffen und unausgeschlafen aus, eben verkatert.

Sie riskierte einen Blick auf die Uhr des Badradios und erschrak.

Fast neun Uhr! Jeden Moment konnte Sabrina vor der Tür stehen! Hoffentlich war sie auch ausgerechnet heute die Unpünktlichkeit in Person! Schnell schlüpfte Delia aus ihrem Nachthemd und stellte sich unter die Dusche. Sie war gerade fertig mit Anziehen und ein wenig auffrischendem Make-up, als es auch schon klingelte.

Sabrina umarmte ihre Freundin, verpasste ihr links und rechts auf die Wange einen Schmatz, den Delia verstohlen abwischte, und stürmte ihr voraus in die Wohnküche.

«Hmm, ich dachte, ich rieche bereits verführerischen Kaffeeduft!»

«Entschuldige, ich habe wohl verschlafen.» Delia goss Wasser aus ihrem Entkalkergefäß in den Tank der Kaffeemaschine, füllte Kaffee ein und drückte auf den Start-Knopf. Sabrina hatte sich inzwischen nützlich gemacht, Geschirr und Besteck herausgeholt und war dabei, die Tüte mit den Brötchen aufzureißen, die sie mitgebracht hatte.

Eine Weile später hatten die beiden es sich bei leiser Radiomusik gemütlich gemacht und Sabrina erzählte von dem neuen Steward, der ihrer Truppe zugeteilt worden war. Delia hörte nur mit einem halben Ohr zu. Ihre Gedanken waren bei Lennart. Was er wohl gerade machte? Ob er auch frühstückte? Sie ärgerte sich immer noch ein wenig, dass sie zu der langweiligen Geburtstagsparty gegangen war, statt mit ihm aufregende Stunden zu verbringen.

Sabrinas Tonfall wurde lauter und forderte ihre Aufmerksamkeit. «He, Träumerin! Was ist los? Hast du dich gestern auf eurer Party in einen Kollegen verguckt? Erzähl!»

Delia zog eine Grimasse. «Nein, kein Kollege. Die sind alle nicht mein Typ.»

«Also immer noch dein geheimnisvoller Unbekannter?»

Delia nickte.

«Na, der hat dir ja ganz schön den Kopf verdreht.» Sabrina trank einen Schluck Kaffee. Dann sah sie ihre Freundin aufmerksam an. «Genügt dir das, deinen Traummann nur einmal pro Woche zu treffen? Was weißt du eigentlich über ihn?»

Anfangs hatte Sabrina die Wandlung ihrer Freundin verwundert und amüsiert zur Kenntnis genommen. Wie sehr man sich doch in einem Menschen täuschen konnte! Aber mittlerweile betrachtete sie Delias freitägliches Date mit Argwohn. Ein Mann, der eine so attraktive und liebenswürdige Frau wie

Delia nur im Edelbordell traf statt ganz privat, der hatte bestimmt etwas zu verbergen.

«Hast du schon darüber nachgedacht, ihn zu fragen, ob er sich nicht mal unter der Woche mit dir treffen will, damit ihr gemeinsam etwas unternehmt? Was für Interessen hat er denn privat? Oder bist du plötzlich geldgeil geworden und genügt dir das Ganze, so wie es ist?»

«Nein! Natürlich nicht!»

Ehrliche Empörung schlug Sabrina entgegen.

«Aber ...»

«Aber was?»

Das Croissant zerkrümelte unter Delias nervösen Fingern, ohne dass sie es bemerkte. «Ich habe Angst vor der Wahrheit», erwiderte sie leise und ein feuchter Glanz schimmerte in ihren Augen. «Er ist bestimmt verheiratet, hat eine Familie. Warum sonst sollte er ...» Sie sprach nicht weiter. In ihren Augen lag ein stummes Flehen um Hilfe.

Sabrina legte das Messer ab, mit dem sie gerade Butter auf der zweiten Hälfte ihres Brötchens verteilt hatte.

«Süße, du bist da in etwas hineingeschlittert, das du möglichst bald beenden solltest. Frag ihn! Je länger du die Wahrheit hinauszögerst, desto schlimmer wird es für dich!»

Delia nickte.

Sabrina überlegte, ob sie das Thema vertiefen sollte. Aber ihre Freundin sah aus, als ob sie jeden Augenblick in Tränen ausbrechen würde. Ihre Augen glitzerten verdächtig. «Komm», sagte sie aufmunternd, «wir sollten zusammen bummeln gehen. Ein bisschen Abwechslung tut uns beiden bestimmt gut!»

Tatsächlich sorgte Sabrina für Ablenkung. Sie textete Delia sprichwörtlich zu, schleppte sie in eine Pizzeria und ins Kino.

Aber als die Einsamkeit ihrer Wohnung Delia in Beschlag nahm, fragte sie sich erneut, wie es weitergehen sollte. Sie wollte mehr. Weniger Distanz. Mehr Gemeinsamkeiten. Doch was wusste sie schon von diesem Mann? Fast nichts. Vielleicht gab es doch eine Familie oder sie passten gar nicht zusammen – außer beim Sex?

Kapitel 10

Voller Ungeduld lenkte Delia ihr Auto durch die engen Straßen auf der Suche nach einem Parkplatz. Diese Woche war eine einzige Qual gewesen. Sie fühlte eine freudige Anspannung, als sie ausstieg. Er hatte ihr tatsächlich gefehlt. Und *wie* er ihr gefehlt hatte! Sie lechzte nach seinen Berührungen, aber auch nach seinen Befehlen. Sie verstand zwar selbst nicht, wie dies möglich war, warum sie bereit war zu gehorchen, aber es kümmerte sie auch nicht. In ihrem Schritt spannte und zog es gierig. Noch nie hatte sie ein solches Sehnen empfunden. Noch nie war sie so glücklich und erwartungsvoll gewesen.

Es war an der Zeit, der Wahrheit aufrichtig ins Gesicht zu sehen: Sie war in ihn verliebt! Es war das Letzte, was sie erwartete, als sie dem ersten Date zugestimmt hatte, aber es war in Ordnung. Heute würde sie ihn fragen, ob er frei war und sich mehr gemeinsame Zeit vorstellen konnte. Auch die Idee mit dem Vorlesen berührte ihre Sinne. Wie gefühlvoll er die jeweilige Stimmung der Szene herübergebracht hatte, indem er beim Lesen unterschiedlich betonte. Natürlich hätte sie in die nächste Buchhandlung laufen und sich das Buch kaufen können. Aber das wäre nicht dasselbe gewesen und sie widerstand der Versuchung. Es war nicht ihre Stärke, sich zu verstellen, und er hätte es bestimmt bemerkt, wenn sie den Fortlauf der Geschichte bereits kannte, und wäre enttäuscht gewesen.

Ihre Schritte wurden schneller. Beinahe atemlos erreichte sie das Edelbordell und trat mit einem Gefühl der Euphorie ein.

Mona überlegte, ob sie Delia warnen sollte. Es lag etwas Unbestimmbares in der Luft. Lennart Kerner hatte freundlich wie immer gegrüßt, doch seine Ausstrahlung war trotzdem auf irgendeine Weise frostiger als sonst. Als er dann auch noch fragte, ob ein anderer Raum zur Verfügung stünde, und seinen Wunsch nannte, läuteten Monas Alarmglocken. Sie stand zusammen mit Lena hinter dem Empfangstresen. Als Kerner nach unten gegangen war, griff sie zum Hörer des Haustelefons und informierte Max, aber dieser lehnte es ab, irgendetwas zu unternehmen. Delia würde mit Kerner schon klarkommen. Selbst mit seiner schlechten Laune, worauf der ungewöhnliche Raumwunsch hindeutete. Sie war mittlerweile erfahren genug. Außerdem hatte Kerner einen Narren an ihr gefressen. Er würde ihr also nichts antun. Zumindest nichts, was sie nicht aushalten würde.

Delia kannte die Einrichtung der einzelnen Räume des Souterrains nicht. Es hatte sie bislang nicht wirklich interessiert. Außerdem waren sie fast immer ausgebucht und eine Besichtigung kaum möglich. Sie ahnte nur aus den Andeutungen der anderen, was sich dahinter verbarg.

Ohne zu fragen, hatte sie Monas Mitteilung zur Kenntnis genommen, in welchem Zimmer sie sich heute mit Kerner treffen sollte. Wahrscheinlich hatte man versäumt, das bisherige Zimmer für ihn zu reservieren. Sie maß der Änderung keine weitere Bedeutung bei. Erwartungsvoll klopfte sie und trat ein.

Das Zimmer lag im Dunkeln. Bis auf den Lichtkegel eines Spots, der auf die Tür gerichtet war. Delia blinzelte geblendet. Außerdem war es still, totenstill. Keine dezente instrumentale Hintergrundmusik, wie Lennart sie in letzter Zeit bevorzugte.

«Komm näher und knie nieder!» Seine Stimme klang herrisch, duldete keine Verzögerung. Probierte er ein neues Spiel aus?

Sie gehorchte und der Lichtkegel folgte jedem ihrer Schritte, bis zu einer schwarzen Platte, die in den Boden eingelassen war. Der Lichtkegel blieb stehen. Sie war ein wenig irritiert, dass ihr diesmal kein weiches Kissen zur Verfügung stand, das ihre Knie schonen würde, ging jedoch folgsam nieder. Die Platte war hart und kalt, von nietenartigen Noppen überzogen. Delia verzog unwillig das Gesicht. Sie hatte das Gefühl, jede einzelne Niete zu spüren.

«Wo warst du letzten Freitag, Sklavin?»

Lennart sprach leise und langsam, betonte jedes Wort. Delia blieb dadurch der mühevoll unterdrückte Zorn in seiner Stimme verborgen. Er musste fast vor ihr stehen, von dem Lichtkegel überstrahlt, der ihr immer noch in die Augen blendete.

Als er vor einer Woche umsonst hierhergekommen war, von Max erfahren musste, dass Delia kurzfristig abgesagt hatte, da hätte er vor Frustration am liebsten laut gebrüllt und auf Max eingeprügelt. Wie konnte Delia es wagen, ihn zu versetzen? Was gab es Wichtigeres? Stattdessen hatte er seinen Zorn unterdrückt, nur verstehend genickt, sich umgedreht und war wieder gegangen. Wie ein Verfolgter war er durch die Straßen gehetzt und hatte sich schließlich in einer Kneipe sinnlos betrunken. Es verging nicht eine Stunde in den folgenden Tagen, in der er nicht an diese Demütigung gedacht hatte. Sie hatte ihn versetzt! Ihn. Lennart Kerner! Wie konnte sie es wagen! Offensichtlich hatte er ihr nicht genügend Respekt beigebracht, sondern war zu freundlich und liebevoll zu ihr gewesen. Aber einem Lennart Kerner verweigerte man sich nicht! Sie würde ihren Entschluss noch bereuen, sehr bereuen.

«Es tut mir leid, dass ich nicht kommen konnte. Aber ich war kurzfristig zu einer Geburtstagsparty eingeladen.»

Delia antwortete wie selbstverständlich, als wäre nichts dabei. Immerhin hatte sie angerufen und Bescheid gegeben. Sie fand, damit hatte sie alle Pflichten, die der Anstand verlangte, ausreichend erfüllt. Letztendlich war dies hier nichts anderes als ein Geschäftstermin. Obwohl sie es gerne anders gesehen hätte. Und sie hatte sich eigentlich fest vorgenommen, ihn heute endlich zu fragen, ob sie nicht ein privateres Verhältnis eingehen könnten. Aber der Zeitpunkt schien ungeeignet.

Der Lichtstrahl wurde nach oben an die Decke gelenkt und dort von unzähligen Spiegelkacheln reflektiert und gestreut. Einige Wandleuchten wurden dazugeschaltet und verstärkten die kühle Atmosphäre. Die Wände schluckten einen Teil des Lichts, das Zimmer wirkte abweisend und ungemütlich wie ein Kerker.

Der veränderte Ausdruck von Lennarts Stimme traf Delia wie ein Schlag. Er brüllte ungehalten und es gellte ihr in den Ohren. «Was fällt dir ein, selbstständig zu entscheiden? Freitags gehörst du mir, Sklavin! Du hast eine Aufgabe zu erfüllen: Du hast deinem Herrn zu dienen! Nichts anderes!»

Delia erschauerte. Sie sank in sich zusammen, fühlte sich auf einmal klein und hilflos. Er klang fremd, so fremd, als stünde eine andere Person vor ihr, und gefährlich. Ein kalter Schauer ergriff Besitz von ihr. Es fiel ihr ein, dass sie zu allem Überfluss die korrekte Anrede in ihrer Antwort vergessen hatte, und biss sich zerknirscht auf die Lippen.

Sein Griff war fest, beinahe brutal, und sie spürte, dass er Lederhandschuhe trug, als er plötzlich hinter sie trat, ihre Handgelenke packte, nach oben zog, sodass sie sich automatisch noch mehr nach vorne beugen musste, um dem Schmerz in ihren Schultergelenken zu entkommen. Ihre Stirn berührte fast den Boden. Ein mechanisches Klicken begleitete die kühle, harte Form, die sich um ihre Handgelenke schloss. Delia erschrak. Handschellen. Ungepolstertes Metall.

Er packte sie am Genick, drückte sie noch weiter hinunter, ihre Stirn schlug auf dem kalten Boden auf, und er zwang sie, in dieser unbequemen Stellung zu verharren. Dann begann er sie zu schlagen. Aber nicht wie bisher mit kleinen erotischen Klapsen, die ihr Blut in Wallung brachten, spielerisch den Rang von Herr und Sklavin unterstrichen. Diese Art der Züchtigung hatte sie bei ihren letzten Treffen schätzen gelernt. Es schaltete ihren Kopf aus, versetzte ihren Körper in ein erwartungsvolles Beben. Sie hatte aufgehört, darüber nachzudenken, warum das so war. Sie genoss es, ihm unterlegen zu sein, ihm zu vertrauen, sich ihm hinzugeben. Doch heute nicht. Seine Hand war unbarmherzig und die ganze Situation mehr als beängstigend. In schneller Folge klatschten die Handschuhe mehrfach auf dieselbe Stelle nieder, entfachten augenblicklich ein schmerzhaftes Stechen und fuhren in flächendeckender Weise fort. Schlag auf Schlag, gnadenlos.

Er versohlte ihr sprichwörtlich den Po! Wenn er so weitermachte, würde sie die nächsten Tage nicht sitzen können. Und während ihr bereits nach kurzer Zeit die Haut brannte, würde er aufgrund der Handschuhe lange durchhalten. Sie versuchte, sich ihm zu entwinden, biss die Zähne aufeinander. Ihre Knie schmerzten vom harten Untergrund, seine Finger durchbohrten beinahe ihr Genick und ihre Haut ging auf eine unangenehme Weise in Flammen auf, die ihren Widerstand und ihre Empörung stärkten. Jaulend vor Schmerz begehrte sie heftig auf.

«Nein, nein, ich will das nicht ... hören Sie auf!»

Sie japste erschrocken, als er sie grob von sich stieß und sie der Länge nach auf den Boden knallte. Zitternd drehte sie sich um und sah zu ihm auf. Zorn und Unverständnis standen ihm ins Gesicht geschrieben. Delias Herz fühlte sich in der Umklammerung des Schreckens gefangen. Sie zitterte und ahnte, dass dies erst der Anfang war.

«Bitte, Herr, hören Sie auf, bitte, es tut mir leid!»

Lennart zerrte sie auf die Füße hoch. Seine Lippen waren zu einem schmalen Strich zusammengepresst. Er zog sie mit sich, löste die Handschellen, führte ihre Handgelenke stattdessen durch zwei Schlingen, die an Ketten von der Decke herabhingen. Delia versuchte sich zu befreien, schlug mit der freien Hand nach ihm, schrie lautstark und wand sich. Sie musste hier raus! Aber sein Griff war stahlhart und ohne Erbarmen. Nachdem er ihre Hände fixiert hatte, zog er die Ketten hoch, bis sie völlig gestreckt, gerade noch mit den Fußsohlen am Boden stand. Delia war fassungslos.

Er wandte sich ab, um einen Gegenstand zu holen. Dann packte er ihr Kinn mit hartem Griff und zwang sie, den Mund zu öffnen, schob einen Knebel zwischen ihre Zähne und schloss den Riemen so fest hinter ihrem Kopf, dass er schmerzhaft in ihren Mundwinkeln spannte. Delia rang verzweifelt nach Luft.

«So», zischte er, «Schluss mit deinem Widerstand! Ich werde dir zeigen, was es heißt, mir nicht zu gehorchen! Es wäre mir lieber, dir nur meine angenehmen Seiten zu zeigen, aber du bist scheinbar auch nicht anders als ...» Seine Stimme erstarb, er ging in die Hocke und fixierte ihre Fußgelenke an Ringen, die im Boden verankert waren.

Panik erfasste Delia. Erst jetzt erkannte sie an den schwarz gestrichenen Wänden, die die düstere Wirkung des Raumes untermalten und einen Teil des Lichtes schluckten, dass sie sich in einer Art Folterkammer befand. In ihrer jetzigen Position würde Lennart freien Zugriff auf alle Stellen ihres Körpers haben, und sie wagte nicht, daran zu denken, was er alles mit ihr anstellen würde. An den Wänden waren unzählige Instrumente zur Züchtigung aufgehängt, Paddel, Teppichklopfer, Rohrstöcke, Peitschen. In einer Vitrine lagen verschiedene Knebel, Plugs, Dildos und chromblitzende Gegenstände, die Delia an die medizinischen Instrumente ihres Gynäkologen erinnerten.

Ihr Blut gefror. *Nein,* dachte sie entsetzt, *nein, bitte, das ist ja schlimmer als in einem Horrorfilm!*

Eine Sprossenwand und unzählige Ringe und Ketten an den Wänden boten weitere Varianten der Fixierung. Außerdem waren im Halbdunkel ein lederbezogener Strafbock und eine Art Folterbank zu erkennen, beide mit genügend Riemen, eine effektive Fixierung durchzuführen. Es schien nichts zu fehlen, was einer grausamen Bestrafung dienlich war.

Delia versuchte Lennart mit einem flehenden Ausdruck milde zu stimmen und wimmerte vor Angst in ihren Knebel. Ihre Augen füllten sich mit Tränen. Doch er nahm keine Notiz davon. Stattdessen band er ihre Fesseln mit einem groben Strick zusammen, als ob sie davonlaufen könnte.

Die folgenden Stunden waren die Schlimmsten in Delias Leben. In einem raffinierten Wechsel harter Züchtigung und unerwartet sinnlicher Liebkosungen bediente Lennart jeden Zentimeter ihres Körpers. Mit jeder Minute, die er seine Wut an ihr ausließ und ihre Angst steigerte, wurde er selbst ruhiger und milder gestimmt, bis er schließlich bereit war, ihr noch einmal zu verzeihen. Er würde ihr eine neue Chance einräumen. Eine letzte. Aber erst sollte sie erfahren, was es hieß, ihn zu versetzen. Nie wieder sollte sie sich das trauen!

Er holte mehrere Peitschen und hielt sie Delia zur Begutachtung vors Gesicht. Sein Blick schien zu fragen: «Welche soll ich nehmen?» Sie schüttelte verzweifelt den Kopf. Eine erschien ihr schlimmer als die andere. Sie stöhnte hilflos in den Knebel. Sie hatte das Gefühl, sie müsse augenblicklich ohnmächtig werden, aber diese Gnade blieb ihr versagt. Der Zauber, der diesen Mann umgeben hatte, war verflogen. Sein Verhalten schüchterte sie ein, und sie hätte alles gemacht, um diesem grausamen Spiel zu entkommen, ihn auf Knien angefleht, ihr das zu ersparen. Sie war nicht masochistisch genug veranlagt, um diese Behandlung als gerechtfertigt anzusehen und zu akzeptieren. Ihre Angst versetzte sie in einen ambivalenten Strudel von Hass und Demut.

Lennart entschied sich für eine langschwänzige, mehrteilige Peitsche und nahm sie in die linke Hand, einen dicken, federnden Rohrstock in die rechte. Er hatte eine beidseitig fast gleich gut ausgeprägte Handfertigkeit, die ihm jetzt zum Vorteil gereichte. Er brauchte die gewählten Züchtigungsinstrumente nicht abzulegen, um Delia abwechselnd mehreren Peitschenhieben auszusetzen, die er willkürlich über den ganzen Körper verteilte, dann einige Schläge mit dem Rohrstock auf Po und Schenkel. Verzweifelt vor Scham und Schmerz zerrte sie an ihren Fesseln, und heiße Tränen flossen ihr über die Wangen und verschleierten ihren Blick. Bei den unbewussten, wenngleich sinnlosen Versuchen, ihm auszuweichen, balancierte sie zwangsläufig auf den Zehenspitzen. Dabei atmete sie schwer, ihre Nase schien nicht genügend Luft zu bekommen, aber Lennart wusste genau, wie weit er gehen durfte, um die Grenzen ihrer Belastbarkeit nicht zu überschreiten.

Sanfte und harte Schläge wechselten sich ab. Dazwischen streichelte er ihre wunde, von leuchtender Röte und tiefen Striemen geschundene Haut mit aller Zärtlichkeit. Das vom Knebel auf ein dumpfes Gewimmer gemilderte Schreien war wie Musik in seinen Ohren.

Schrei nur, dachte er grimmig, *vielleicht lernst du es jetzt zu gehorchen, vielleicht besteht bei dir noch Hoffnung, dich zu einer devoten Sklavin zu machen. Ich hätte es dir liebend gerne leichter gemacht!*

Als Rücken und Po seiner Meinung nach kräftig genug gerötet, von einem dichten Striemenmuster kreuz und quer überzogen waren, legte er die Werkzeuge weg, zog die Handschuhe aus und presste Delia an sich. Minutenlang standen sie aneinandergeschmiegt da. Delia blieb nichts anderes übrig, als angstvoll abzuwarten, was er als Nächstes tun würde. Wehrlos hing sie in seiner Umarmung fest und fühlte das heftige Pochen seines Herzens. Erst jetzt bemerkte sie, dass er sein Hemd ausgezogen hatte. Obwohl er von der Anstrengung des Schlagens leicht schwitzte, fühlte sich sein Oberkörper verglichen mit ihrer Haut kühl und angenehm erfrischend an. Dennoch war ihr seine Umarmung kein Trost. Das sanfte Streicheln seiner Hände auf ihren Brüsten erschien ihr wie Hohn. Er umkreiste ihre Rundungen, spielte mit den Fingerkuppen auf den rosigen Höfen um ihre Brustspitzen, neckte sie, streichelte an ihren Seiten hinunter, ihre Lenden entlang. Delia hätte am liebsten vor Entsetzen gekreischt, als seine Hand ihr zwischen die Schenkel glitt, ihre Schamlippen auseinanderschob und ihre Perle streichelte. Sie hielt die Luft an und verspannte sich.

Lennart lachte und ließ von ihr ab. «Gut, verschieben wir das auf später!»

Als Delias Atmung sich wieder beruhigt hatte, setzte er seine Bestrafung fort. «Ich hoffe, du begreifst nun deine Pflichten! Wirst du künftig artig sein und jeden Freitag ohne Widerrede erscheinen, eine folgsame Sklavin sein?»

Delia nickte heftig und hoffte, dass sie glaubwürdig wirkte. *Den Teufel würde sie tun und sich diesem Risiko noch einmal aussetzen! Wenn das hier vorbei war, würde sie nie wieder kommen! Für kein Geld der Welt lohnte es sich, dasselbe noch einmal zu erleben! Sie hatte keine Ahnung, was ihm noch alles einfallen würde. Und sie fürchtete, dass er sehr fantasievoll war.*

Ihre Furcht war berechtigt. Lennart packte grob ihre rechte Brustwarze und schlang geschickt und schnell mehrfach einen dünnen Haargummi darum. Delia war entsetzt. Ihre Augen hatten den Ausdruck eines verletzten Tieres, das nicht versteht, warum dies alles mit ihm geschieht. Der Gummi schnürte ihre Brustwarze brutal ab, presste sie in eine doppelt so lange Form wie normal und unter dem Druck quoll die Spitze regelrecht wie ein rundes Köpfchen hervor. Ein entsetzlich kneifender Schmerz setzte ein. Delia protestierte erfolglos in ihren Knebel und schüttelte abwehrend den Kopf. Aber Lennart beachtete sie gar nicht, grinste grausam, packte ihre andere Brustwarze, zog sie in die Länge und misshandelte sie auf dieselbe Weise.

Dann streichelte er sanft mit seinen Daumen über die kleine, frei gebliebene Kappe. Eine seltsame Mischung aus Schmerz und Lust durchzuckte Delias Körper, gegen die sie sich nicht wehren konnte. Es war zum Verrücktwerden.

Die Innenseite ihrer Schenkel wurde feucht von ihrem Saft, dabei wollte sie das alles doch gar nicht. Es war abscheulich! Sie stöhnte in den Knebel, zerrte an ihren Fesseln. Dann rieben seine Daumen fester über die empfindsamen Knöpfe, der Schmerz nahm zu, wurde unerträglich, wie viele kleine Nadelstiche, und Delia schrie verzweifelt in den Knebel. Tränen liefen ihr über die Wangen. Ihre Erregung nahm ab, aber ihre Nippel hatten keine Chance, sich zurückzuziehen und seiner Folter zu entgehen.

Endlich ließ er von ihr ab, musterte sie mit undurchdringlicher Miene. Er hatte diese Technik schon öfter angewendet, fand sie spannender als die Verwendung professioneller Klammern. Vor allem die Prozedur des Festhaltens und Langziehens der Brustwarzen, bis er den Gummi mehrfach darübergestülpt hatte, was einige Übung erforderte und manchmal zwei Anläufe benötigte, war besonders qualvoll.

Voller Panik blickte Delia an sich herab und sah, wie ihre Brustwarzen sich dunkler färbten, allmählich blau wurden und der Schmerz in ein taubes Gefühl überging. Die Einschnürung schürte ihre Angst. Lennart ignorierte ihren flehenden Blick und griff zur Peitsche. Erneut klatschten Lederbänder auf ihre Arme, ihre Brüste, ihren Bauch, Po und die Oberschenkel. Aber nicht mehr mit derselben Intensität. Das war auch nicht nötig, denn Delias kaum erholte Haut reagierte sofort mit heftiger Durchblutung, einer entsprechenden Rötung und Schmerz. Aber wieder war der Schmerz nicht durchdringend unerträglich, sondern mischte sich mit dem Verlangen ihrer Vagina, von seinem Penis ausgefüllt zu werden.

Lennart hatte bald genug. Endlich entfernte er die Haargummis von Delias Brustwarzen. Zunächst blieb eine tiefe Einschnürung zurück. Als das Blut in ihre Nippel zurückströmte, kehrte auch das Gefühl zurück und mit ihm der Schmerz. Stechend, pulsierend und seltsamerweise lustvoll. Delia grunzte in den Knebel. Ihre Kiefer schmerzten inzwischen ebenfalls und ihre Mundwinkel brannten von dem strengen Riemen. Hatte er vielleicht doch Recht, sie derart streng zu züchtigen?

Er entfernte die Fußfesseln, ließ die Ketten ein wenig nach, sodass ihre Arme weniger gespannt waren und sie etwas bequemer stand. Dafür schob er ihr die Beine auseinander, befestigte sie nun an in den Boden eingelassenen Ringen.

Hilflos musste sie erdulden, dass seine Rechte ihr zwischen die Schenkel grapschte, schmerzhaft ihre Klitoris rieb, ihre Schamlippen teilte und an ihnen herumfingerte. Ihre Verwirrung nahm ebenso zu wie ihre Lust. Lennart lachte, aber sein Lachen war nicht fröhlich, es wirkte unnatürlich, gefährlich, sadistisch.

«Schön, wie dich das anmacht. Wie nass du bist. Du duftest nach Lust! Eine willige Sklavin! Findest du nicht auch, ich sollte dich jetzt vögeln? Es wird Zeit, dass mein Schwanz dir zeigt, dass dein Körper mir gehört, nicht dir!»

Er begann langsam seine Hose auszuziehen und Delia beobachtete ihn beunruhigt. Sie hatte Angst, unsägliche Angst. Seine Worte hatten wie eine einzige Drohung geklungen. Warum war sie trotzdem erregt? Gewiss, sie war ausgehungert, hatte die ganze Woche über diesem Augenblick süchtig entgegengefiebert. Aber das rechtfertigte noch lange nicht, nach dieser Folter heiß auf ihn zu sein. Warum reagierte ihr Körper devot und willig? Lennart erschien ihr gefährlich, wie ein wildes ungehemmtes Raubtier. Und so zeigte sich auch sein Penis. Stolz und gefährlich in seiner Erektion.

Lennart presste Delia an sich und sie roch seine männlichen Ausdünstungen, die sich mit seinem Eau de Toilette mischten, denn er schwitzte jetzt leicht vor Erregung. Wilde Leidenschaft sprang auf sie über. Sie wollte auf einmal, dass er sie eroberte, dass er sie hart und ungeduldig nahm. Der Gedanke daran erregte sie plötzlich fast bis zur Unerträglichkeit. Sie wollte, dass er sie ganz und gar ausfüllte, sein Sperma tief in sie hineinschoss, ihre Vagina damit zu seinem Eigentum machte. Es schien ihr, sein mächtiger Schwanz würde nicht in sie hineinpassen, war zu prall und hart für diesen kleinen Eingang, und er würde nicht lange zögern, diese Hürde mit Gewalt zu überwinden. Sie wollte, dass er diesen überaus demütigenden Charakter annahm, dass er sie dazu auf die Knie zwang, ihren Hintern peinigte, seinen Unterleib fest und schnell ritt, ihr keine Zeit ließ, sich seinem prallen Geschlecht anzupassen. Sie war bereit, den Schmerz auszuhalten.

Entsetzt über ihre zwiespältigen und entsetzlichen Gedanken schnappte sie nach Luft. Inzwischen presste sich sein Penis fordernd zwischen ihre Schamlippen, bedrängte ihre Pforte, als ob er ihre Gedanken gelesen hätte, wollte sie scheinbar ohne Zögern in Besitz nehmen, doch auf einmal ließ Lennart von ihr ab, nestelte in der Tasche der über einen Stuhl gelegten Hose, zog sich einen Kunststoffring über seinen Penis, um die Erektion zu halten, und griff zur Peitsche.

Er musste sie noch ein letztes Mal demütigen, sie für alles strafen, was ihm jemals irgendeine Frau angetan hatte, und dann würde er sie vögeln, noch mal und noch mal, bis sie ihn mit ihren schönen Augen um Gnade anflehen würde – egal, wie groß der Schmerz der aufgestauten Erektion ihn selbst quälen würde.

Er versetzte Delia mehrere feste Hiebe, entzückte sich an ihrem dumpfen Stöhnen und den frischen Striemen. Dann trug er ein wenig Gleitgel auf seinen Penis auf, umarmte sie und drang hart in sie ein. Doch so sehr er sich auch anstrengte, es gelang ihm nicht, ihr einen Orgasmus zu entlocken, obwohl sie feucht war. Wenngleich er wütend auf sie war, brauchte er doch gewissermaßen die Bestätigung, dass es ihr Lust bereitete und sie ihm in keiner Weise widerstehen konnte. Aber Angst und Abwehr hatten die Oberhand gewonnen und verspannten ihren Körper. Gleichgültig nahm sie alles hin, zeigte keinerlei Erregung.

Verwirrt begann Lennart sie zu streicheln, küsste ihre Haut, aber umsonst. Schließlich löste er alle Fesseln, packte sie am Oberarm, schob sie über den ledernen Strafbock und fixierte ihre Beine. Mit weit geöffneten Schenkeln lag sie einladend vor ihm. Er zog den Penisring herunter und eroberte ihre Vagina von hinten in einem wilden, erbarmungslosen Ritt. Delia stieß einen kurzen Schmerzensschrei aus, dann jedoch ließ sie alles leise weinend über sich ergehen. Der Boden unter ihr verschwamm vor ihren Augen.

Sie fühlte nichts mehr, nicht einmal Schmerz. Sie fühlte sich nur noch gedemütigt, benutzt, war völlig apathisch. Sie spürte, wie sein Schoß an ihr Hinterteil klatschte, wie sein Schwanz sie ausfüllte, so wie sie es sich noch Minuten zuvor gewünscht hatte, wie er keuchte und sich mit einem lauten Stöhnen bald darauf entlud. Er verharrte noch einen Augenblick in seiner Stellung, stützte sich auf ihrem Rücken ab. Dann wich er zurück, löste die Fesseln und zwang sie auf die Knie. Sein Samen lief aus ihr heraus, die Innenseite ihrer Schenkel hinab, und sie empfand es demütigend und Ekel erregend, fühlte sich davon besudelt und sehnte sich nach einer heißen Dusche.

«Ich hoffe, es war dir eine Lehre und du bist nächsten Freitag pünktlich! Sonst wird es dir noch schlimmer ergehen! Warte noch fünf Minuten, ehe du das Zimmer verlässt! Hast du verstanden?» Seine Finger zerrten an ihren Haaren.

«Ja, Herr», antwortete Delia weinerlich.

Er zog sich an und verließ mit schnellen Schritten den Raum.

Delia stieß erleichtert den Atem so lange aus, bis ihre Lungen ganz geleert waren. Ihr Kopf sank bis zum Boden. Für einen Moment war sie einfach nur erstarrt, wie tot, doch dann löste sich die Anspannung und sie brach völlig aufgelöst in Tränen aus. Ihr Körper wurde von wilden Krämpfen geschüttelt, sie wimmerte, war nicht einmal mehr fähig zu schreien. Sie schlang die Arme um sich, wiegte sich minutenlang in stupider Bewegung auf und ab, von Scham und Selbstmitleid überwältigt, ehe sie es schaffte, sich aufzurappeln und das Zimmer zu verlassen.

Tränenüberströmt stürzte Delia in den Schmink- und Umkleideraum, riss ihre Kleidung vom Bügel und begann sich hastig anzuziehen. Ann starrte entsetzt auf ihre gerötete Haut, die über und über mit Striemen bedeckt war, die teilweise bluteten, und sprang auf. Sie war gerade dabei gewesen, ihre Haare frisch zu frisieren, als Delia die Tür aufgerissen hatte und hereingestürmt war.

«Was ist denn passiert?»

Doch Delia schüttelte den Kopf. Sie wollte mit niemandem reden, nur noch fort.

Ann eilte auf der Suche nach Max und Mona hinaus und kehrte gerade rechtzeitig mit Max zurück, bevor Delia auf und davon gerannt wäre. Max erfasste die Lage sofort. Er packte Delia am Arm und zog sie trotz ihrer Gegenwehr mit sich fort in sein Büro. Erst dann nahm er sie vorsichtig in seine Arme und sprach leise tröstend auf sie ein. Etwas Schreckliches musste geschehen sein, und er war sich nicht sicher, wie viel er davon erfahren wollte. Langsam beruhigte sie sich ein wenig und ihr Zittern ließ nach. Er drückte sie in einen Sessel und gab ihr ein Glas Wasser.

«War es so schlimm?», fragte er und bemühte sich um einen ruhigen Tonfall. Delias derangiertes Aussehen hatte ihn jedoch zutiefst erschreckt. «Möchtest du darüber reden? Brauchst du einen Arzt?»

Delia schüttelte heftig den Kopf.

«Zieh deine Bluse aus, wir müssen dich verarzten!»

Erneut lehnte Delia ab. Erst Mona, die inzwischen von Ann informiert worden war, gelang es, sie zu überreden, sich die Wunden wenigstens desinfizieren zu lassen. Sie verarztete Delias Rücken notdürftig, denn mehr ließ Delia nicht zu. Es war ihr egal, ob ihre Bluse blutverschmiert würde. Sie wollte nur noch weg, nach Hause. Mona half ihr in die Bluse, dann stand Delia auf, reichte erst Mona, dann Max stumm die Hand, schaute ihn kurz vorwurfsvoll unter ihren vom Weinen geröteten und etwas zugeschwollenen Lidern an und murmelte nur: «Nie wieder. Nie! Leb wohl.» Dann verließ sie fluchtartig das Bordell.

Max wusste, Delias Seele war tief verletzt worden, und diese Wunden waren schlimmer als die körperlichen und würden vielleicht nie mehr heilen. Die anderen Frauen hatten Lennarts Wutanfälle gelassener ertragen, sie waren eben doch einiges gewohnt. Seufzend goss er sich ein Glas Sherry ein und ließ sich in seinen Bürostuhl fallen. Er konnte sich keine Gewissensbisse leisten. In diesem Geschäft ging es nun mal manchmal etwas derber zu.

Delia weinte hemmungslos. Sie gab sich keine Mühe, ihre Tränen mit einem Taschentuch aufzufangen, schnäuzte sich nur ab und an. Ihre Nase schwoll allmählich zu. Im Laufschritt überquerte sie die Straße, gelangte endlich zu ihrem geparkten Auto, kramte in ihrer Handtasche nach dem Schlüssel und fand ihn endlich. Sie drückte auf den Knopf und die Automatik gab die Türverriegelung frei.

Der Schatten, der ihr unauffällig gefolgt war, war auf der anderen Straßenseite stehen geblieben. Lautlos flüsterten seine Lippen ihren Namen vor sich hin, wieder und wieder, Delia, meine Delia. Dann drehte er sich um und verschwand wie ein Schatten in der Nacht.

Kapitel 11

Man nannte es allgemein die «Hurenmeile». Eigentlich war es eine ganz normale kleine Ausfallstraße, raus aus dem Ort, bald darauf freie Fahrt durch die Landschaft. Aber seitdem die Umgehungsstraße gebaut worden war und der Autoverkehr rapide abgenommen hatte, hatte sich hier eine andere Form von Verkehr entwickelt. Zum Leidwesen der Anwohner in den angrenzenden Wohngebieten, die diesen Zustand noch schlimmer fanden als den vorangegangenen, aber nicht dagegen ankamen. Polizei her oder hin. Kaum waren die gerufenen Ordnungshüter abgezogen und hatten die Prostituierten verscheucht, waren sie schon wieder da.

Lennart fuhr langsam. Er suchte einen ganz bestimmten Typ Frau. Eine, die der Frau auf dem Bild des Personalausweises ähnlich sah. Es war zwar unwahrscheinlich, dass sie schon einmal in dieser Arztpraxis gewesen war. Aber er wollte auf Nummer sicher gehen, falls jemand mit dem Namen ein bestimmtes Erscheinungsbild verband.

Dann sah er sie. Halblange dunkelbraune Haare, nicht mit dem kastanienbraunen Farbstich wie Delias, aber das würde niemandem auffallen. Wenn sie normale Durchschnittskleidung trug, mochte es funktionieren. Sie sah ihr auf den ersten Blick einigermaßen ähnlich. Er hielt an und ließ die Scheibe auf der Beifahrerseite herab.

Die Frau kam näher, beugte sich herunter, stützte sich auf die Autotür. «Hallo, guten Abend!»

«Guten Abend, Lust auf einen besonderen Auftrag?»

Sie lächelte künstlich mit ihren knallrot geschminkten Lippen. «Was soll's denn sein, mein Lieber?»

«Steig ein, dann erzähl ich es dir.» Lennart unterstützte seine Worte mit einer entsprechenden Kopfbewegung. Er hasste es, ungebeten geduzt zu werden. Für einen Augenblick zögerte sie. Normalerweise verhandelte sie erst über das Was, Wo, Wieviel, aber dann nickte sie, öffnete die Tür und stieg ein, während Lennart den Knopf für den elektrischen Fensterheber betätigte, um das Fenster wieder zu schließen.

«Nun, wohin möchtest du? Wie soll ich es dir machen?», fragte sie.

Er schüttelte den Kopf, fuhr ein paar Meter weiter bis zu einer Einfahrt und machte den Motor aus. Dann griff er in das schmale Fach unter dem Lenkrad, holte das Bedienungshandbuch heraus und schlug es auf. Er entnahm ihm die Karte einer Krankenkasse und ein aus dem Computer gedrucktes Merkblatt mit einigen Angaben.

«Es geht nicht um Sex», sagte er und schaute die Frau an. «Ich möchte, dass du morgen zum Arzt gehst und dich krankschreiben lässt. Unter diesem Namen.» Er reichte ihr den Ausweis und das Blatt. «Du bist bereits angemeldet. Der Termin ist um elf Uhr. Jammere dem Arzt etwas vor, wie psychisch angeschlagen du derzeit bist. Natürlich erzählst du ihm nichts von deinem wahren Beruf.» Ein zynisches Grinsen spielte um seine Mundwinkel. «Du bist Bankangestellte, Börsengeschäft, zu viel Verantwortung für Kundengelder und überhaupt Stress pur.»

Die Frau zog die Augenbrauen hoch. «Und wenn er mich dazu etwas fragt? Einen Tipp haben möchte, wie er sein auf die Seite gebrachtes Geld anlegen soll? Ich habe davon keine Ahnung!»

Lennart schüttelte den Kopf. «Unwahrscheinlich. Schließlich bist du als Patientin dort.»

«Ich soll also als ...», sie schaute auf das Blatt und las, «Delia Markwart auftreten?»

«Richtig. Hälfte der Bezahlung jetzt, Rest morgen Abend um dieselbe Zeit, wenn du mir den Krankenschein lieferst. Und natürlich die Karte.» Er holte sein Portemonnaie heraus und entnahm ihm einen Schein. «Noch Fragen?»

«Nein. Bis morgen.» Sie stieg aus und ging den kurzen Weg zurück.

Lennart war ein wenig später dran. Es hatte einen Unfall gegeben, der die Fahrbahn in seiner Richtung blockierte, und es hatte eine Weile gedauert, bis die Polizei kam und den Verkehr regelte.

Er fuhr langsam die Ausfallstraße entlang, aber sie war nicht da. Schließlich stellte er sich in dieselbe Einfahrt wie am Vorabend und machte den Motor aus. Es waren etwa zehn Minuten vergangen, als er sie im Rückspiegel kommen sah.

«Du bist spät dran», kritisierte er kalt.

«Guten Abend. Tut mir leid. Aber so genau lässt sich das in meinem Job nicht immer timen», erwiderte sie, nachdem sie eingestiegen war. Sie zog den Reißverschluss ihrer Handtasche auf und entnahm ihr einen Umschlag.

«Hat der Doktor irgendwelche besonderen Fragen gestellt?», fragte Lennart.

«Nein, es war viel einfacher, als ich gedacht hätte.»

Er nickte zufrieden und entnahm dem Umschlag Original und Fotokopie der Arbeitsunfähigkeitsbescheinigung. Die Datierung umfasste zehn Arbeitstage. Offensichtlich hatte sie ihre Sache sehr glaubwürdig gemacht.

«Bist du immer hier anzutreffen? », fragte er, während er ihr das übrige Geld gab.

«Meistens», erwiderte sie. «Warum? Brauchst du in zwei Wochen eine Verlängerung?»

«Schon möglich.»

Sie lächelte ihn an. «Kann ich sonst noch etwas für dich tun? Etwas, das normalerweise mein Job ist?»

«Nein.» Er schaute sie mit einem derart kalten Blick an, dass ihr fast das Blut in den Adern gefror. Was für ein merkwürdiger, unheimlicher Mann. Wofür er wohl den Krankenschein benötigte? Egal, das ging sie nichts an. Er hatte gut dafür bezahlt.

«Okay. Dann vielleicht demnächst.»

Nachdem sie ausgestiegen war, drehte Lennart die Lüftung auf Höchststufe. Er hasste diese aufdringlichen billigen Parfums, die in der Nase kitzelten und sich im Stoff festsetzten. Er öffnete das Handschuhfach, entnahm ihm einen adressierten Umschlag und steckte die Krankmeldung hinein. Dann wendete er den Wagen und fuhr zurück in die Stadt, um ihn in den Hausbriefkasten der Bank einzuwerfen.

Alles war perfekt. Niemand würde bei Delia anrufen und nachfragen. Gleich am nächsten Morgen hatte er eine Krankmeldung mittels ihres E-Mail-Accounts herausgeschickt. Es war außerordentlich simpel gewesen. Ihr Laptop startete ohne Benutzerkennung und das Passwort ihres E-Mail-Zugangs war gespeichert und wurde automatisch abgefragt. Aber auch ohne diese Möglichkeit wäre ihm etwas Passendes eingefallen, sie krankzumelden. Niemand würde ihn aufhalten und seine Pläne durchkreuzen. Niemand. Rechtzeitig zum dritten Krankheitstag würde die Arbeitsunfähigkeitsbescheinigung vorliegen. Ausgestellt und unterschrieben vom Psychiater.

Lennart lächelte zufrieden vor sich hin. Er war eben einfach schlau und hatte an alles gedacht. Einen Fehler konnte er sich auch nicht leisten bei dem, was er vorhatte. Als Rechtsanwalt kannte niemand besser die Konsequenzen als er selbst.

Kapitel 12

Es war bereits nach elf Uhr abends. Delia parkte ihr Auto in der Tiefgarage der Wohnanlage. Sie hatte sich noch schnell mit Sabrina getroffen, ehe diese drei Wochen lang in Urlaub sein würde. In der letzten Zeit war die Freundin ihr eine große Hilfe gewesen, um sich von dem Erlebnis mit Lennart ein wenig abzulenken. Delia hatte ihr nicht alles erzählt, und Sabrina war ausnahmsweise taktvoll genug, nicht nachzuhaken. Delia ließ sie in dem Glauben, dass es sich erledigt hatte. Aber nichts war vorbei, gar nichts. Jede Nacht träumte sie von Lennart. Anfangs hatte sie geglaubt, sie würde ihn abgrundtief hassen. Aber das war nicht so. Die Geschehnisse der letzten gemeinsamen Nacht wurden von den vielen erotischen Begegnungen überlagert, die sich in ihrer Seele und ihrem Körper eingebrannt hatten, und sie fühlte eine unstillbare Sehnsucht, dies erneut zu erleben.

Delia gähnte herzhaft, während sie mit dem Aufzug in den zweiten Stock hinauffuhr. Vielleicht sollte sie sich doch an der Volkshochschule anmelden, ein paar Kurse belegen, um sich abends abzulenken? Oder ein paar andere Freunde treffen, zu denen sie den Kontakt in letzter Zeit hatte schleifen lassen? Sie zückte den Wohnungsschlüssel, wartete gleichmütig, bis die Aufzugstür sich öffnete, ging nach rechts, ohne sich umzusehen, und schloss die Tür auf. Schritte kamen von oben die Treppe herunter. Delia hatte den Fuß schon fast über die Schwelle gesetzt und sah sich neugierig um, wer außer ihr um diese späte Uhrzeit noch im Haus unterwegs war.

Lennart. Vier Wochen waren vergangen, seit sie ihn zuletzt gesehen hatte. Für einen Moment war sie freudig überrascht und ihr Herz klopfte schneller. Sie drehte sich ihm entgegen und lächelte, zu naiv und unbedarft, um zu erschrecken, und ehe sie begriff, was er vorhatte, drängte er sie bereits mit der ganzen Kraft seines Körpers in den Flur ihrer Wohnung und drückte ihr ein Tuch über Nase und Mund. Delia wehrte sich, schlug nach ihm, trat ihm gegen das Schienbein, schrie, atmete dabei jedoch ungewollt tief ein, taumelte und verlor das Bewusstsein. Sie sackte in sich zusammen und Lennart fing sie rechtzeitig auf.

Lennart überwachte Delias Erwachen mit voller Aufmerksamkeit. Er studierte jede Bewegung, jede Geste, ihre Mimik. Vielleicht würden ihm diese

Informationen später noch nützlich sein. Möglicherweise musste er seine Strategie verändern, flexibel ihren Reaktionen anpassen. Vielleicht verhielt sie sich aufgrund der besonderen Situation nicht mehr genauso, wie er sie bisher kennen gelernt hatte. Allerdings hatte sie sich ganz offensichtlich gefreut, ihn zu sehen. Das war mehr, als er erhofft hatte. Sie hatte ihn vermisst.

Der Rotwein war vollmundig, hatte Rasse. Lennart nahm einen weiteren Schluck. Dann stellte er das Glas ab und beugte sich weiter vor. Die drei Monitore zeigten eine perfekte Überwachung. Nichts würde ihm entgehen. Es gab keine Geheimnisse mehr für Delia. Nichts, was sie vor ihm verbergen würde. Zu keiner Zeit. Rechtzeitig hatte er ihr Leben durchleuchtet, als ob er Komplikationen vorausgeahnt hatte, und sie für sich gläsern gemacht.

Delia räkelte sich schwerfällig. Ihr Kopf fühlte sich dumpf an, kein hämmernder Schmerz, aber eine dunkle Wolke wie undurchdringlicher Nebel zu dunkler Morgenstunde. Tief in ihrem Bewusstsein drängte der Funke der Erinnerung nach vorne, dass gestern Abend irgendetwas geschehen war. Sie öffnete die Augen und setzte sich abrupt auf. Der Druck in ihrem Kopf nahm schlagartig zu und sie presste eine Hand gegen ihre pochende Schläfe.

Lennart! Er hatte sie in ihre Wohnung gedrängt und – jetzt erinnerte sie sich: er hatte sie überfallen. Wo war sie jetzt? Delias Entsetzen nahm zu. Sie hob beide Arme vor sich. Lederne Fesseln, breit, stabil, mit kleinen Schlössern gesichert. Dasselbe an ihren Fußgelenken. Sie stand auf, sah an sich herab, betastete sich überall, voller Angst. Ihr Herz raste panisch. Ein Halsband. Gesichert wie die Fesseln. Ansonsten war sie nackt. Splitternackt.

Sie sprang auf, drehte sich einmal im Kreis, erfasste in Sekundenschnelle die Einrichtung des kleinen Raumes: ein Metallbett, ein Tisch mit Stuhl, ein kleines Schränkchen mit Vorhängeschloss, ein Campingklo. Die Wände in zartem Apricot gestrichen, die Zimmertür schneeweiß. Am Bett, an den Wänden, an der spitz nach oben zulaufenden Decke: Ketten und Ringe.

Delia schluckte krampfartig. Sie befand sich in einem Dachzimmer, das zu einem privaten kleinen Gefängnis hergerichtet war. Sie stürzte zu dem einzigen Fenster, einer Dachgaube mit hellblauen Vorhängen. Abenddämmerung brach herein. Selbst das Fenster war gesichert. Der Riegel ließ nicht umdrehen. Man benötigte einen Schlüssel. Hohe Bäume versperrten die Sicht auf die nächsten Häuser. Ein verzweifeltes Stöhnen entrang sich Delias Lippen.

Sie drehte sich um, ging zur Tür, rüttelte an der Türklinke. Vergeblich. Wütend begann sie mit ihren Fäusten an die Tür zu trommeln. Sie horchte. Nichts. Kein Geräusch.

Resigniert schlug sie den Deckel des Campingklos hoch, um ihrer randvollen Blase Erleichterung zu verschaffen. Erst jetzt merkte sie, dass ihr ein paar Tränen die Wangen herunterliefen. Nein! Sie würde ihm nicht den Triumph ihrer Verzweiflung gönnen. Energisch wischte sie die Tränen mit dem Handrücken weg und putzte sich dann die Nase mit dem bereitgelegten Toilettenpapier. Sie war stark! Sie würde ihm Widerstand bieten, diesem Mistkerl. Was hatte er sich nur dabei gedacht, sie zu betäuben und zu entführen?

Entführt. Ich bin entführt worden! Ein kalter Schauer erfasste sie. Wie hatte er sie aus dem Haus gebracht? Und wieso bildete er sich eigentlich ein, dass niemandem ihre Abwesenheit auffallen würde? Ihre Kollegen würden bei ihr zu Hause anrufen und nachforschen, wenn sie sich nicht meldete. Bestimmt. Oder Sabrina, sobald sie aus dem Urlaub zurück war. Delia schöpfte ein wenig Hoffnung und ihr Puls beruhigte sich. Sie lächelte zuversichtlich.

Delia stand auf, klappte den Deckel des Campingklos herunter und drückte auf den kleinen Spülknopf. Dann sah sie sich unschlüssig im Zimmer um. Erst jetzt bemerkte sie, dass auf dem Tisch ein schlichtes schmales Kuvert lag. Sie setzte sich auf den Stuhl, zog die nicht zugeklebte, sondern nur eingeschobene Klappe des Umschlags auf, entnahm ihm einen Bogen und faltete ihn auseinander.

Hallo Sklavin! Hoffe nicht auf fremde Hilfe. Niemand wird dich vermissen – siehe die Fotokopie deiner Krankmeldung. Je eher du dich ergibst, desto weniger unangenehm wird der Aufenthalt für dich. Dein Herr.

Krankmeldung? Delia schaute in den Umschlag, entnahm ihm ein zweites Blatt. Kein Zweifel. Das Blut gefror in ihren Adern. Er hatte es irgendwie geschafft, mittels ihrer Daten diese Bescheinigung zu besorgen. Alles stimmte. Adresse, Geburtsdatum. Das Ausstellungsdatum. Wie lange hatte sie eigentlich geschlafen? Sie hatte Sabrina Mittwochabend getroffen. Das Datum der Bescheinigung war vom Donnerstag.

Ein Schlüssel wurde herumgedreht. Ein zynisches Lächeln lag auf Lennarts Gesicht. Selbst in der schwarzen Jeans und dem schwarzen T-Shirt, das er jetzt trug, sah er immer noch attraktiv aus. Delia biss sich auf die Lippe. Verdammt, warum nur geriet sie immer an die falschen Männer, an untreue oder perverse Typen? Dann brach die aufgestaute Wut aus ihr heraus.

«Du perverser Widerling! Du Arschloch, für was hältst du dich eigentlich?», warf sie ihm mit unverhohlenem Abscheu entgegen, sprang vom Stuhl auf und voller Rage auf ihn zu, um ihn mit geballten Fäusten zu attackieren. Es war ihr gleichgültig, ob ihr Wutausbruch ihre Lage verschlimmern würde. Was konnte schlimmer sein, als entführt zu sein und gefangen gehalten zu werden. Der aberwitzige Gedanke an Flucht beflügelte sie und bündelte ihre Kräfte.

Lennart hätte ihr dafür am liebsten eine Ohrfeige erteilt. Er hatte mit Widerstand gerechnet, aber nicht mit wüsten Beschimpfungen. Dieser Wortschatz passte nicht zu Delia. Doch er sah vorläufig von einer Bestrafung ab. Eine unkontrollierte Handlungsweise hätte ihn weiter von seinem Ziel abgebracht, ihr Vertrauen zu gewinnen. Er fing ihre Handgelenke ein, packte sie mit eisernem Griff, musste seine ganze Kraft einsetzen, um sie mit dem Rücken zu sich zu drehen und ihr die Hände auf den Rücken zu ziehen. Ein Klicken von Karabinerhaken zwischen den Lederfesseln war zu hören. Dann drehte er sie wieder zu sich, um ihr ins Gesicht zu sehen.

«Für diesmal werde ich von einer Züchtigung absehen, denn ich verstehe, dass du dich erst mal mit deiner Lage abfinden und beruhigen musst. Aber sei dir gewiss, beim nächsten Mal werde ich dich für deine Respektlosigkeit unnachgiebig bestrafen!»

Delias Augen funkelten voller Zorn.

«Dir fehlt noch die richtige Erziehung, aber dazu haben wir ja jetzt endlich genügend Zeit. Ich werde dir schon noch Manieren beibringen und aus dir meine persönliche Lustsklavin machen!»

Lustsklavin? Der Kerl musste völlig verrückt sein! Delia starrte ihn fassungslos an. Sie wollte fort!

«Glaube mir, es gibt genügend Arten, dich zu erziehen!»

Delia schnaubte. Ihre Zähne malten, sie sammelte Speichel zusammen, trat einen Schritt zurück und spuckte ihn an. Sie traf ihn auf der Brust.

«Entführen – erziehen – züchtigen! Ist das alles, was Ihnen einfällt? Sind Sie völlig bescheuert?» Ihre Mundwinkel waren verächtlich herabgezogen. Für eine Sekunde war sie über ihr eigenes Handeln verblüfft, dann fing sie sich wieder und zischte: «Ihnen ist wohl nicht klar, dass das hier Freiheitsberaubung ist! Machen Sie mich sofort los!»

Er zog verärgert über ihr Spucken und ihre Widerworte die Augenbrauen hoch, wischte über das Shirt und spürte, wie er langsam die Geduld verlor.

Aber er würde sie aussprechen lassen, gleichgültig, was da noch aus ihrem Mund folgen würde. «Ob du es willst oder nicht, du bleibst hier und ich werde dich erziehen, wie ich es für nötig halte, und gegebenenfalls mit entsprechenden Maßnahmen!»

«*Erziehung!* Darunter versteht man, dass man jemandem etwas beibringt, damit er nächstes Mal weiß, wie es zu funktionieren hat. Das impliziert aber nicht automatisch eine Bestrafung! Prügel erziehen nicht, sie demütigen nur und zerbrechen irgendwann die Seele des Opfers. Aber das ist Ihnen ja wahrscheinlich egal! Kaufen Sie sich doch einen Roboter!»

Der schneidende Sarkasmus ihrer lauten Stimme war fast unerträglich, traf ihn bis ins Mark. Er sah sie lange schweigend an. Ihre Brust hob und senkte sich unter ihrem hektischen Atem. Mit zusammengekniffenen Lippen widerstand sie seinem Blick.

Dann zerriss seine Stimme kühl und nüchtern die entstandene Stille: «Du bist klug, sehr klug. Das gefällt mir so an dir. Aber du irrst dich in einem Punkt: Ich habe nicht gesagt, dass ich dich sinnlos verprügeln werde. Ich verabscheue rohe Gewalt. Ich erwarte lediglich bedingungslosen Gehorsam von dir. Das ist alles. Gehorche, zeige Demut und Unterwerfung, bitte mich um kleine Gefälligkeiten wie ein Buch oder ein Radio oder dein Lieblingsgericht – ich werde gerne alles tun, damit es dir richtig gut geht!»

Er stand auf und ging. Der von außen umgedrehte Schlüssel und die Fesseln beraubten Delia jeglicher Hoffnungen.

Kapitel 13

Es wurde eine unbequeme und kühle Nacht. Obwohl die Heizung lief, fröstelte Delia. Lennart war nicht mehr erschienen und sie war zu stolz, nach ihm zu rufen. Irgendwie war es ihr zwar gelungen, trotz auf den Rücken gefesselter Hände unter die Bettdecke zu kriechen, aber entweder ragten ihre Schultern ins Freie oder ihre Füße. Außerdem schlief ihr immer wieder der Arm ein, auf dem sie gerade lag. Es gab keine Stellung, die wirklich bequem war. Als sie am Morgen aufwachte, fühlte sie sich völlig zerschlagen. Ihre Arme, die Gelenke, ihr Nacken schmerzten. Aber sie war trotzdem zum Widerstand bereit. Nicht eine Sekunde zog sie es in Erwägung, Lennarts Forderungen nachzugeben.

Als er mit einem Tablett hereinkam, wurde er von einer wüsten Schimpfkanonade empfangen. Delia wusste selbst nicht, dass sie über ein solches Repertoire unanständiger Worte verfügte. Lennart setzte sich auf den Stuhl und wartete mit gleichmütiger Miene, bis sie aufhörte.

«Bist du fertig? Gut. Dann solltest du erst mal frühstücken. Ich will nicht, dass du verhungerst.» Er klang amüsiert. Er löste ihre Fesseln und verließ den Raum.

Über seine Überwachungsmonitore sah er zu, wie Delia unschlüssig, mit unter die Achseln geschobenen Händen, vor dem Tablett stand. Schließlich setzte sie sich doch. Sie war hungrig und durstig. Das Frühstück bestand zwar nur aus einfachen Brötchen, Butter und etwas Käse, dazu Kaffee, aber es stillte ihren Hunger. Außerdem nützte es nichts, in Hungerstreik zu treten. Kurz war ihr dieser Gedanke durch den Kopf geschossen. Sie brauchte ihre ganzen Kräfte für die Flucht. Und in einem Punkt schätzte sie Lennart richtig ein: Er war imstande, sie mit Zwang zu ernähren, da war sie sich ganz sicher. Dieses Risiko wollte sie lieber nicht eingehen. Das wäre noch demütigender gewesen, als ihre Situation ohnedies schon war.

Sie war kaum fertig, als Lennart erneut erschien. «Komm mit.»

Sie folgte ihm ein Stockwerk tiefer. Er öffnete die Tür des Badezimmers und deutete hinein. «Du hast eine Viertelstunde.»

Dieser Ablauf wiederholte sich am Mittag, am Abend, am nächsten Morgen. Egal, was Delia machte, ob sie ihn anschrie und beschimpfte, er zeigte keinerlei Reaktion, obwohl es ihm unglaublich schwerfiel. Er hoffte, dass das

Alleinsein und die damit verbundene Langeweile Delia zermürben würde und er hatte Recht. Wie lange sollte das so weitergehen? Ihre Gedanken drehten sich im Kreis. Sie sah keinen Ausweg. Eine Flucht war nahezu unmöglich. Dies war der einzige Grund, warum sie gehorchte, als Lennart ihr ein Kissen vor die Füße warf und forderte: «Knie nieder!»

Er setzte sich mit übereinandergeschlagenen Beinen auf den Stuhl. Sein Tonfall war sachlich und streng. «Was ist mit deiner Haltung?»

Delia schielte misstrauisch auf den Rohrstock, den er sich quer über seine Schenkel gelegt hatte und zwischen den Fingern drehte. Widerwillig spreizte sie ihre Knie weiter auseinander, streckte ihren Rücken und legte die Hände auf den Rücken.

«Hm, schon besser. Es wird Zeit, mit deiner Erziehung anzufangen. Ich nehme an, du hast Sehnsucht nach ein wenig Abwechslung?»

Ein unwilliges Brummen war die einzige Antwort.

«Ah, dir ist also noch nicht langweilig? Möchtest du, dass ich wieder gehe und dich alleine lasse?» Er machte Anstalten aufzustehen.

«Nein, bleiben Sie!» Delias Antwort glich einem Aufschrei.

Lennart musterte sie mit unbeweglicher Miene. «Vergiss nicht höflich zu sein! Du hast hier keine Rechte, nur Pflichten. Niemand wird kommen, dich zu befreien. Begreife endlich, dass du mir ausgeliefert bist. Du bist meine Sklavin. Also finde dich mit deiner Situation ab und arbeite daran, mir zu gefallen und zu dienen.»

Er fuhr fort, ihr seine Regeln zu erklären. Seine Stimme klang kräftig und freundlich, wie Delia sie in den schönsten Stunden kennen gelernt hatte. Sie brauche keine Angst zu haben, wenn sie sich ihm unterwerfe. Er werde sie verwöhnen und belohnen, wenn sie artig wäre, aber er werde es auch immer wissen, wenn sie die Regeln breche. Sie solle nicht versuchen, ihn auf irgendeine Weise zu hintergehen. Allerdings könne sie immer mit einer milderen Bestrafung rechnen, wenn sie geständig wäre, freiwillig um eine Strafe bitten und sich für diese anschließend bedanken würde.

Mit zusammengebissenen Zähnen und gesenktem Blick hörte Delia ihm zu, aber ihre Wut stieg von Minute zu Minute. Was bildete er sich eigentlich ein? Sie sollte um Strafe bitten?

«Hören Sie auf mit dem Schwachsinn! Lassen Sie mich endlich gehen! Sie glauben doch nicht im Ernst, dass ich mich wie eine Sklavin verhalten werde! Niemals!»

Aber Lennart war auf alles vorbereitet. Er hatte lange nachgedacht und war zu dem Schluss gekommen, dass er aktiver werden musste. Er packte sie an beiden Armen, zerrte sie auf das Bett, kümmerte sich nicht um ihr Geschrei. Delia wehrte sich wie rasend, strampelte mit den Beinen und es gelang ihr, ihn ins Gesicht zu schlagen. Aber Lennart warf sich ungerührt auf sie und fixierte ihre Handgelenksfesseln an den dafür vorgesehenen Ketten am Bett. Er erstickte ihr Geschrei, presste ihr rücksichtslos einen Knebel zwischen die Zähne, dann zerrte er ihre Beine auseinander und fixierte sie ebenfalls.

Erst jetzt erlaubte er sich, prüfend die Stelle unterhalb seines Auges zu betasten, an der noch immer der Schmerz ihres Schlages pochte. Wehe ihr, falls es einen blauen Fleck gäbe! Er schaute keuchend und wütend auf sie herab. Warum nur schlug sie seine Liebe aus – wortwörtlich, und trat sie mit Füßen?

Delia erwiderte seinen Blick mit vor Schreck weit aufgerissenen Augen. Sie hatte ihn unterschätzt, nicht damit gerechnet, dass er zum Gegenangriff übergehen würde, weil sie glaubte, er würde sie auf seine Weise lieben. Im Stillen schalt sie sich eine Närrin. Wer bereit war, das Risiko einer Entführung zu tragen, war vielleicht noch zu ganz anderen Dingen fähig.

Sein Blick glitt über ihren Körper hinab zwischen ihre gespreizten Beine, blieb voller Lüsternheit auf ihrer nackten Scham hängen. Er kniete sich neben sie, streichelte über ihren Bauch und langsam nach unten. Delias Entsetzen nahm zu. Sie schüttelte verzweifelt den Kopf und brummte in den Knebel.

«Du musst keine Angst haben. Ich werde dir nichts antun. Ich bin kein Vergewaltiger. Aber ich hätte mir schon ein wenig mehr Kooperation gewünscht. Es liegt nun allein an dir zu beeinflussen, wie es weitergeht. Du solltest anfangen, ernsthaft dein Verhalten zu überdenken.» Seine Stimme war leise und klang mühsam beherrscht. «Dabei hätte ich dir so gerne meine ganze Zärtlichkeit geschenkt. Schade, dass du sie nicht willst. Aber ich gebe dir noch eine Chance, ehe ich mir nehme, was mir gehört.» Seine Finger glitten sanft über ihre Klitoris und zwischen ihre Schamlippen. Delia schloss die Augen. Sie war machtlos, seine Berührungen erregten sie. Voller Verzweiflung wimmerte sie in den Knebel.

Als ihre Vagina nass und glitschig ihre Bereitschaft signalisierte, stand Lennart auf und deckte sie sorgfältig zu. Dann ging er leise hinaus.

Ab da kam Lennart alle zwei bis drei Stunden, machte sie los, erlaubte ihr, ein wenig zu essen und zu trinken, im Bad auf Toilette zu gehen, sich Gesicht und Hände zu waschen, die Zähne zu putzen. Dann knebelte er sie erneut und fesselte sie wieder ans Bett. Er sprach kaum mit ihr, streichelte sie, bis sie erregt war und kurz vor einem Orgasmus stand.

Doch Delias unbändiger Stolz hinderte sie immer noch daran zu betteln. Wenn er sie fragte, ob sie sich ihm ergeben wolle, schüttelte sie stumm und trotzig den Kopf. Inzwischen schmerzten ihre Zähne und ihr Kiefer von dem Knebel, was sie noch wütender und verzweifelter machte. Ihr Unterleib gierte mit jedem Mal mehr nach dem Orgasmus, der ihr so grausam verwehrt wurde.

Nur einmal hatte sie sich aktiv gewehrt, aber Lennart hatte eindeutig mehr Kräfte als sie. Er drohte ihr mit dem Rohrstock, wenn sie es noch einmal versuchen würde, und sie wusste, er meinte es ernst.

Sie befand sich in einer aussichtslosen Lage. Lennart hatte ihr ein wenig mehr Spielraum gelassen und zwischen ihren Fesseln und den Haken an der Wand Ketten befestigt, sodass sie sich ein wenig bewegen und herumlaufen konnte. Er machte sich Sorgen um ihre körperliche Verfassung, ihre Muskulatur und ihren Kreislauf. Aber nach wie vor gab es nichts, was sie ablenkte, und ihre dumpfen Gedanken drehten sich im Kreis. Wenigstens hatte er ihr den Knebel erlassen und sie nahm sich vor, ihn nicht mehr zu beschimpfen, da es sowieso nutzlos war. Sie würde einfach gar nicht mehr sprechen. Ihr Kiefer schmerzte sowieso immer noch von dem langen Aufgespreiztsein.

Delia sank vornüber auf die Matratze und weinte. Ihre Stirn presste sich in die Unterlage. Sie wäre am liebsten gestorben, denn sie fühlte keine Hoffnung mehr. Er hatte es geschafft, dieser Teufel, und sie vollkommen desillusioniert. Warum musste ausgerechnet ihr dies passieren, fragte sie sich zum x-ten Mal in diesen Tagen. Aber die Antwort blieb immer dieselbe: weil sie mit dem Risiko gespielt hatte. Freilich ohne dies zu wissen. Mittlerweile gab sie Max einen gehörigen Anteil Schuld an ihrem Dilemma. Hätte er sie nicht dazu verführt, in seinem Bordell zu arbeiten, wäre sie jetzt nicht in Lennarts Haus gefangen.

In ihren Ohren rauschte es verdächtig, wie wenn sich eine gnädige Ohnmacht anbahnte. Doch diese würde auch nichts nützen. Wenn sie daraus aufwachen würde, wäre ihre Lage immer noch dieselbe. Matt kämpfte sie dagegen an. Ihr Körper wurde mittlerweile von wilden Krämpfen geschüttelt und das einzige Geräusch, das zu hören war, war ihr herzzerreißendes Schluchzen.

Doch da war etwas, das sie veranlasste, den Kopf zu heben. Durch den dichten Tränenvorhang nahm sie undeutlich wahr, dass sich die Tür geöffnet hatte. Sekunden später kniete Lennart auf der Matratze neben ihr, hatte sie auf seine Schenkel und in seine Arme gezogen und wiegte sie darin wie ein kleines Kind.

«Schscht, beruhige dich, Delia, bitte, nicht mehr weinen ...», flüsterte er beschwörend, um sie zu beruhigen. Sanft streichelte er ihre Haare und tupfte ihre Tränen mit einem Taschentuch von ihren nassen Wangen.

Delia wehrte sich mit dem letzten Funken Widerstand, den ihr Geist noch aufbrachte, doch ihr Körper gab von Sekunde zu Sekunde mehr auf. Am liebsten hätte sie nach der Hand geschnappt, nach dieser Hand des Satans, die sie unentwegt streichelte, hätte ihm wenigstens physische Qualen zugefügt, wenn er schon keine seelischen empfand wie sie – aber sie sehnte sich so sehr nach Geborgenheit, Zärtlichkeit, Liebkosungen – dass sie ihn gewähren ließ. Schließlich versiegten ihre Tränen.

«Warum tust du mir das an? Warum kannst du mich nicht einfach gehen lassen?», murmelte sie, ohne sich bewusst zu sein, dass sie die Grenzen überschritt und ihn duzte.

Ihr Kopf ruhte an seiner Brust und seine Hand fuhr fort, ihr sanft durch das braune Haar zu streicheln. Noch immer wurde ihr Körper von leisen Schluchzern geschüttelt und ihr Atem hatte noch nicht seinen Rhythmus wieder gefunden, aber sie weinte wenigstens nicht mehr.

Lennart antwortete ruhig, seine Stimme klang ein wenig betroffen. «Weil ich dich liebe und weil ich dich brauche. Du hast mich sehr damit verletzt, dass du nicht mehr gekommen bist.»

Sie schluchzte voller Bitterkeit auf.

«Das hast du schon mal gesagt. Das soll Liebe sein? Du hast eine merkwürdige Art, mir das zu zeigen!»

Sekunden vergingen, in denen keiner von beiden etwas sagte. Mit unglaublicher Sanftheit presste er sie an sich. Sie hörte sein Herz unter ihrem Ohr laut pochen, zu schnell, beunruhigt. Wie verrückt war er eigentlich? Liebte er sie etwa doch?

Es klang nach echter Verzweiflung, als er hart hervorstieß: «Du lässt mich meine Liebe nicht beweisen! Du sträubst dich, beschimpfst mich, bist unverschämt ...»

Delia versuchte sich aufzusetzen, stemmte sich gegen seine Brust und er entließ sie aus seiner Umarmung. Sie bebte unter der Ambivalenz ihrer Gefühle, die sie zu ersticken drohten.

«Was erwartest du von mir? Du entführst mich, sperrst mich ein, ich habe keinerlei Kontakt zur Außenwelt und das soll ich gutheißen? Wir leben in einem freien Land und es steht mir zu, selbst zu entscheiden, wann und wohin ich gehe! Du kannst mich doch nicht ewig einsperren!»

Er wich ihrem Blick aus. «Du hast in gewissem Maße Recht.» Dann schaute er ihr plötzlich direkt in die Augen und diesmal lag wieder diese wilde, dominante Entschlossenheit darin, die sie kannte. «Warum? Warum hast du mich weggestoßen? Du warst meine Sklavin und du wirst es immer sein! Du gehörst mir!»

«Aber doch nur auf Zeit und gegen Bezahlung! Das war freiwillig! Und jetzt willst du mich zwingen ... Das nennst du Liebe?» Ihre Stimme überschlug sich und ihre Augen füllten sich erneut mit Tränen.

Lennart schaute zu Boden. «Noch niemals habe ich jemanden so sehr vermisst wie dich. Du bist alles, was ich will. Du warst jedes Mal so nachgiebig, so erregt ... Ich begehre dich!» Seine Stimme nahm wieder den alten grimmigen Klang an. «Ich bekomme immer, was ich will! Merk dir das!»

Er stand abrupt auf und ging ohne ein weiteres Wort hinaus.

Küsse überdeckten ihren Körper, Finger spielten zärtlich an ihrer Scham, heiße Feuchtigkeit überflutete sie, sein harter Penis drang gefühlvoll in sie ein, dann nahm er sie in Besitz – Delia setzte sich erschrocken auf. Stumm schaute Lennart auf sie herab. Er hatte ihr die Decke weggezogen. Wie lange hatte er ihr wohl schon zugesehen, während sie träumte? Sie war feucht zwischen den Schenkeln. Dann hatte er ihr die Fesseln gelöst und war wieder hinausgegangen. Es war ihr egal. Hauptsache, er ließ sie in Ruhe. Ihr Widerstand keimte erneut auf. Ohne weiter nachzudenken, setzte sie sich an den Tisch und begann zu frühstücken.

Lennarts Verhalten blieb den ganzen Tag über gleich. Delia war alleine und der Langeweile ausgesetzt. Sie konnte sich frei im Zimmer bewegen, aber es gab nichts zu tun. Am Abend hakte er an ihren Handfesseln erneut Ketten fest und befestigte sie an zwei an der Wand montierten Ringen über dem

Bett, sodass sie sich zwar hin- und herdrehen, aber nicht weiter als bis zum Campingklo gehen konnte, das er von der Tür weg neben ihr Bett schob. Diesmal ging er, ohne das Deckenlicht auszumachen.

Auf dem Monitor beobachtete er, wie sie sich hin- und herwälzte, weil sie das Licht beim Schlafen störte. Schließlich zog sie sich die Decke bis über den Kopf und schlief ein.

Delia schrak aus dem Schlaf hoch und sah verwirrt zu Lennart auf. Er hatte ihr soeben die Bettdecke vom Körper gerissen und zog ihr nun auch noch das Kopfkissen weg und klemmte es sich unter den Arm. Bevor er ging, drehte er den Heizkörper ein wenig weiter auf. Dann war er wie ein Spuk verschwunden. Entsetzt blickte Delia ihm hinterher. Ihre Lippen zitterten. Gab es denn keine andere Lösung, als sich ihm zu unterwerfen? Wie viele Tage war sie schon hier? Sie hatte jegliches Zeitgefühl verloren.

Unbarmherzig setzte Lennart seine Maßnahmen am nächsten Tag fort. Kein einziges Wort kam über seine Lippen. Er stellte ihr das Essen hin, das immer spärlicher und einfacher wurde. Zuletzt bestand es nur noch aus einem Glas Milch und einem Stück Butterbrot. Während sie sich im Bad duschen durfte, lüftete er ausgiebig. Danach ließ er den Außenrollladen herunter. Er demontierte das Bett und brachte es fort. Nur die Matratze blieb zurück, ohne Bettlaken, ohne Kissen, ohne alles. Dann kettete er Delia wieder an.

«Es genügt ein einziger Satz und das richtige Verhalten, deine Lage zu verbessern: *Ich unterwerfe mich und will deine Sklavin sein.*» Delia schüttelte störrisch den Kopf. Allmählich erinnerte ihre Situation an eine mittelalterliche Kerkerhaft bei Wasser und Brot. Sie wusste nicht, wie lange sie das noch ertragen würde – und wie lange würde er das durchhalten? Aus lauter Verzweiflung ging sie wieder dazu über, ihn übel zu beschimpfen. Aber die Konsequenz war, dass er sie erneut knebelte und enger fesselte. Ihre Verzweiflung wuchs.

Die nächsten Tage schwächten Delias psychische Widerstandskraft. Sein Blick traf sie jedes Mal mit voller Intensität. Allmählich dämmerte ihr, dass nicht nur sie litt. Sie brauchte eine Weile, um ihre neue Erkenntnis zu verdauen und zu verstehen, dass er es ernst gemeint hatte. Er liebte und brauchte sie tatsächlich, wenngleich er das auf eine merkwürdige Art zeigte. Er lechzte danach, dass sie sich seiner Liebe unterwarf, und er litt darunter, dass er sie zu der Gnade und dem Glück, ihm gehören zu dürfen, zwingen musste.

Die Tage gingen in Gleichförmigkeit vorbei und Lennart kam nicht voran. Seine Strategie versagte. Er hatte sich sorgfältig einen Plan ausgearbeitet, bevor er sie entführte, aber sie verhielt sich nicht so, wie er geglaubt hatte. Zu viel Rebellion war in ihrem Kopf. Er hatte sie für eine starke Persönlichkeit gehalten, aber nicht für so starrsinnig! Lennart seufzte. Es fiel ihm schwer, sich Fehler einzugestehen, Fehler in seiner Strategie. Er hätte die Schwierigkeiten voraussehen müssen. Aber die Zeit lief weiter und seine Geduld schwand. Er hatte sich zwar den zweiten Krankenschein besorgen lassen und für seine Zustellung gesorgt. Doch ehe die Sechs-Wochen-Frist vorüber war, musste er sich Delias Unterwerfung sicher sein. Er würde keine Vermisstensuche riskieren. Sie musste in ihre Arbeit zurückkehren und kündigen, damit er sie anschließend nur noch für sich hatte.

Es war offensichtlich doch nicht so einfach, eine Frau zu manipulieren und zu der zu erziehen, wie man sie haben wollte. So hatte er sich die Tage nicht vorgestellt. Was nützte seine ganze Vorbereitung, wenn sie widerspenstig blieb. Er hatte sich unter einem Vorwand eines längeren Urlaubs zurückgezogen und war das Risiko eingegangen, die ganze Verantwortung für seine Rechtsanwaltskanzlei seinen Angestellten zu übertragen. Und wofür das alles?

Er ging in den Keller, suchte sich eine gute Flasche trockenen Weins im Regal. Dann setzte er sich mit dem Glas auf das Sofa im Wohnzimmer, roch daran, trank und überlegte. Dabei beobachtete er Delia auf dem kleinen Display. Wer hätte gedacht, dass Webcams sich so einfach installieren ließen und gute Dienste leisteten. Zwei Stück reichten aus, den Raum unter ständiger Beobachtung zu halten, eine über der Tür und eine direkt in der Deckenverkleidung über dem Bett. Ein Computer in seinem Arbeitszimmer zeichnete die Bilder zusätzlich auf und gab sie auch auf einem kleinen tragbaren Gerät wieder.

Im Augenblick lief Delia in ihrem Gefängnis auf und ab, machte Kniebeugen und Dehnübungen. Sie versuchte sich fit zu halten, hatte ein wenig aufgrund der spärlichen Kost abgenommen. Doch von Aufgeben keine Spur. Lennart ärgerte sich über seine Nachgiebigkeit, dass er ihr Knebel und Fesseln wieder abgenommen hatte. Er seufzte. Ihre Nacktheit hatte nichts an Reiz verloren. Sein Blick hing voller Verlangen an ihren Brüsten, ihrem Po.

Mit einem hastigen Schluck schüttete Lennart den Rest des Weinglases in sich hinein und sein Gesicht nahm eine grimmige Miene an. Eine neue Strategie. Er hatte nicht vorgehabt, sie physisch unter Druck zu setzen, dabei ihren Willen vollkommen zu brechen und ihren Körper zu demütigen, aber es war wohl notwendig und er würde es tun. Sie war sein Eigentum!

Lennart verkündete Delia, dass er lange genug Geduld bewiesen habe. Wenn sie sich nicht füge, würde er ihr ernsthaft wehtun und sie sich fortan mit Gewalt nehmen. Er hatte sie stehend mit seitlich ausgestreckten Armen an mehreren Ringen festgebunden, die sich an der Wand befanden, und sie erneut geknebelt, damit sie ihn nicht beschimpfen konnte. Auch dabei hatte er sich etwas Neues ausgedacht. Er schob ihr einen Latexballon in den Mund und pumpte ihn auf, bis ihre Mundhöhle völlig ausgefüllt und ihre Kiefer auseinandergespreizt waren. Speichel lief aus ihren Mundwinkeln und Tränen glitzerten in ihren Augen.

«Untersteh dich zu flennen. Damit erreichst du gar nichts. Wenn du eine Verbesserung willst, fall vor mir auf die Knie und zeige mir, dass du um Gnade flehen und mir dienen willst! Beweise mir deine Demut!»

Delia gefror fast das Blut in den Adern. Sein Gesichtsausdruck war hart und unnachgiebig. Lüstern und entschlossen starrte er auf ihre Brustwarzen und ließ die mitgebrachten Gummis zwischen seinen Fingern schnalzen. Sie bemühte sich hilflos zurückzuweichen. Doch sie wusste, jeder Versuch, ihm zu entkommen, war umsonst.

«Nun, du kennst dieses Spiel doch schon. Ein geiles Gefühl, nicht wahr? Weißt du, ich habe auch Klammern da, und die meisten Leute benutzen sie wahrscheinlich, weil sie einfacher anzubringen sind. Aber ich finde diese dünnen Haargummis viel spannender.» Unbarmherzig zog er Delias Brustwarze in die Länge, wickelte den Haargummi einmal herum, hielt ihren Nippel kneifend fest, zog den Gummi stramm und fuhr fort, ihn mehrfach herumzuschlingen. Die Brustwarze wurde dabei immer länger. Delia wand sich vor Schmerz und jaulte voller Qual in den Knebel. Speichel rann ihr über Kinn und Hals herab.

Ein zynisches Lächeln spielte um Lennarts Mundwinkel. «Wirklich schade, dass du nicht kooperieren willst. Weißt du, ich habe eigentlich ein weiches Herz. Wenn du mich anflehen würdest aufzuhören, würde ich vielleicht nachgeben. Aber leider, leider musste ich dich ja knebeln, weil du nur ungezogene Worte von dir gibst. Tja, ich denke, einmal geht noch.» Er zog den Gummi erneut straff und schlang ihn ein letztes Mal um Delias Brustwarze. Mit aufgerissenen Augen starrte sie auf ihre Brustwarze, die augenblicklich dunkler und bläulicher wurde. Lennart zwirbelte ihre zweite Brustwarze zwischen seinen Fingern, zupfte und knetete, um sie länger zu machen und besser packen zu können. Dann vollendete er auch dort sein Werk.

Delia stiegen weitere Tränen in die Augen. Lennarts Finger spielten nun zärtlich über die quellende Kuppe ihrer gequälten Nippel. Es war erregend und unangenehm zugleich, und trotz des kneifenden Schmerzes fühlte Delia, dass ihre Vagina von einer geilen Feuchtigkeit getränkt wurde, die in Kürze ihre Schenkel hinunterlaufen würde.

«Es gibt noch mehr interessante Haushaltsartikel!» Seine teuflische Fantasie schien keine Grenzen zu kennen. Er befestigte eine Spreizstange zwischen ihren Fußfesseln und nötigte sie, ihre Füße weit auseinanderzuschieben. Dann packte er ihre Schamlippen, leckte amüsiert ihren warmen Schleim ab, zog dann ihre Schamlippen weit auseinander, entnahm seiner Hosentasche einige Wäscheklammern aus Plastik und klemmte sie eine neben der anderen erst an der einen, dann an der anderen Schamlippe entlang. Zunächst empfand Delia dabei kaum einen Schmerz, aber dann, langsam und unaufhaltsam begann ein Pochen und sie wimmerte dumpf in den Knebel.

Lennart streichelte ihr über die Wangen. «Gib dich auf. Lerne Gehorsam. Ich will nicht grausam zu dir sein. Aber du bist ungezogen und das erfordert Bestrafung. Ich war tagelang geduldig mit dir. Aber damit ist jetzt Schluss.» Seine Hand streichelte über ihren Hals, das Dekollete hinab, zu den gequälten Brustwarzen, zupfte daran, bis ihr die Tränen herunterliefen. «Du weißt, ich kann auch anders. Du musst es nur wollen und mich darum bitten!»

Betont langsam zog er seinen Gürtel aus der Hose, schwenkte ihn, dann schlug er zu. Erbarmungslos. Erst auf die Außenseite ihrer Oberschenkel, dann auf die Innenseiten, auf ihre Arme, über ihren Bauch. Delia zitterte. Es war nicht nur der Schmerz, es war vor allem die Angst, die ihr zu schaffen machte. Hatte sie ihre Lage unterschätzt? Würde er sie grün und blau schlagen, noch grausamer quälen? Sie war nicht tapfer genug, sehr viel mehr auszuhalten.

Gelassen setzte Lennart sich auf den Stuhl, griff nach der mitgebrachten Zeitung und schien zu lesen. Delias Verzweiflung wurde übermächtig. Sie versuchte sich an liebevolle Stunden im Edelbordell zu erinnern, um sich abzulenken und die Angst vor Lennart abzuschütteln, dachte an seine sinnliche Verführung. Ihr Körper schmerzte, entließ sie nicht aus dem Hier und Jetzt, und gleichzeitig verlangte er nach einem Orgasmus.

Lennart zog sämtliche Register, Delia vollends zu verwirren. Nach zehn Minuten schlug er die Zeitung zu, kniete nieder, streichelte lüstern an der Innenseite ihrer Schenkel entlang, zog ihre gequollenen Schamlippen an den Klammern weit auseinander, sie zuckte wimmernd, er bahnte sich seinen Weg und bohrte zwei Finger tief in sie hinein. Delias Po und Schenkel verspannten sich. Sie war ihm ausgeliefert, er befingerte sie ungeniert an ihren intimsten Stellen, erwartete keine Zustimmung, würde sie sich einfach nehmen. Entsetzt schloss sie die Augen. Er hätte dazu bereits mehrfach Gelegenheit gehabt, wenn sie auf dem Bett gefesselt vor ihm lag, aber er hatte es nie getan, sodass sie nun nicht mehr ernsthaft damit gerechnet hatte. Irgendwie hatte sie geglaubt, dass er trotz allem eine Art Ehrenmann war und ihr keine Gewalt antun würde. Aber nun war offensichtlich alles anders.

Seine Finger waren unbarmherzig, dehnten sie, gruben sich tief in sie hinein, zerrten ein wenig an den Klammern, legten voller Lüsternheit ihre kleine Perle frei und er begann sie zu lecken, sanft, wie der feuchte Hauch eines Morgennebels. Er fühlte, wie Delia erbebte, ihm nicht widerstehen konnte und sich ihre Spalte mit Feuchtigkeit füllte. Nein, sie wollte nicht, ihr Verstand wehrte sich gegen das geile Gefühl, aber Lennart wusste genau, was er machen musste, um ihre Lust zu entfachen. Sie hasste ihn dafür.

Zufrieden grinste er und registrierte, wie Delias Anspannung nachließ. Warum hatte er nur so lange damit gewartet? Er war ein Dummkopf, er hätte ihr längst die Lust aufzwingen sollen, gegen die sie sich offensichtlich nicht wehren konnte. Warum nur hatte er darauf gewartet, dass sie sich unterwarf? Sie würde es liebend gerne tun, sobald er sie sexuell abhängig gemacht hatte. Sie war seine Sklavin und würde ihm jederzeit mit Freude zur Verfügung stehen, wenn es für sie keine andere Abwechslung mehr gab als Sex. Es wurde Zeit, dass sein Schwanz seinen Besitz klarmachte!

Er erhob sich, zupfte an ihren Brustwarzen. Unter dem erneuten Schmerz öffnete Delia ihre Augen, schickte ihm einen flehenden Blick um Gnade.

Seine Fingernägel suchten einen Punkt zum Greifen der dünnen Gummis, er riss beide unsanft herunter und Delia schrie voller Pein in ihren Knebel und kam mit einem Ruck nach vorne, soweit ihre Fesseln dies zuließen. Sie starrte entsetzt auf ihre Brüste, ob noch alles dran war. Ihre geschwollenen Nippel standen lang, mit einem tief eingeschnürten Muster zum Hof, und wurden von Sekunde zu Sekunde rosiger. Er beugte sich über sie und begann an der einen Brustwarze fest zu saugen, an der anderen unbarmherzig zu streicheln und zu ziehen. Delia wand sich in ihren Fesseln. Der anfangs heftige Schmerz wich nun einer übermächtigen Sensibilität, die bis in ihren Bauch hinunterreichte und in ihrer Vagina ein verlangendes Zucken auslöste. Ihre Schamlippen pochten unter dem Druck der Wäscheklammern. Aber ihr Wunsch nach Vereinigung wurde dennoch immer größer. Sie würde tun, was er verlangte. Alles.

Lennart trat einen Schritt zurück. Er vollzog vor ihren Augen einen Striptease, kleidete sich betont langsam aus und es gelang ihr nicht, den Blick von ihm abzuwenden. Sein Penis sprang prall und steif aus seiner Hose und Delia betrachtete ihn gierig. Sie wollte nun nichts dringlicher, als ihn in sich zu fühlen, egal wie. Es schien ihr unerträglich, ohne Orgasmus zu bleiben, der Schmerz verstärkte dieses Verlangen, als ob auch er dadurch besänftigt würde, und nichts wäre schlimmer gewesen, als wenn Lennart sich vor ihren Augen selbst befriedigt hätte.

Er ließ die Luft aus dem Knebel und zog ihn aus ihrem Mund. Delia schloss ihre Kiefer nur langsam. Es schmerzte und ihre Zähne schienen nicht mehr aufeinander zu passen. Lennart presste ungeduldig seine Eichel gegen ihre Klitoris, rieb sich an ihr, verteilte Delia Schleim über ihrer Scham und sie stöhnte voller Verlangen.

«Was ist, hast du mir etwas zu sagen?»

«Bitte, ich ...» Sie war unfähig, es auszusprechen, ihn darum zu bitten, sie zu vögeln, dabei war ihr Wunsch übermächtig.

Lennart lachte. Ihre Lust war unübersehbar. «Immer noch zu stolz, um zu betteln? Gut, wenn du nicht mit mir sprechen willst! Dann können wir das ja drin lassen.»

Sie versuchte den Kopf wegzudrehen, wimmerte, wollte ihm ausweichen, doch er schob ihr wieder einen Knebel, diesmal eine einfache Beißstange, zwischen die Zähne. Dann löste er mit wenigen Handgriffen ihre Fesseln und die Spreizstange, drängte sie in den Vierfüßlerstand auf die Matratze.

Er entfernte die Wäscheklammern von ihren Schamlippen und lachte leise, als er erneut ihre nasse Spalte ungeniert begrapschte. Ihre Klitoris und ihre Schamlippen waren heiß, geschwollen und glitschig. War das eine Einladung? Es war eine. Sie versuchte ihm auszuweichen, sich hinzulegen und ihre Beine zu schließen, aber er hielt sie an den Hüften fest und gab ihr einen kräftigen Klaps.

«Du brauchst gar nicht spröde und entsetzt zu tun, meine Liebe! Dein Körper verrät dich. Du bist hungrig nach mir, nach meinem Prachtstück, und du sollst ihn haben, denn dein Körper gehört mir und ich werde ihn jetzt in Besitz nehmen!»

Bei seinen letzten Worten zog er ihre Pohälften auseinander und stieß sich tief und ungestüm in ihre Spalte hinein. Delia versuchte in einem Anflug von Scham, sich mit ihren Beinen zu wehren, obwohl ihre Vagina von einem unglaublich aufregenden Zucken erfüllt wurde und nach Befriedigung lechzte. Aber es war nicht richtig. Er nahm sich einfach das Recht heraus, über ihren Körper zu verfügen. Es kam einer Vergewaltigung gleich, wäre sie nicht feucht gewesen, weil ihr Körper wie ein Verräter gegen ihren Verstand arbeitete. Dazu passte die Stellung, die Lennart gewählt hatte und gegen die Delia unter anderen Voraussetzungen nichts einzuwenden gehabt hätte. Aber jetzt kam sie sich vor, als ob sie eine Stute sei, die von einem Hengst besprungen wurde. Es fehlte nur noch, dass sie dazu angebunden war. Die Beißstange zwischen ihren Zähnen verstärkte dieses erniedrigende Gefühl.

Doch Lennart lachte nur. Ihre neuerliche Gegenwehr amüsierte ihn. Er merkte, in welchem Zwiespalt sie sich befand. Aber ihre Scheide war warm, feucht, glitschig und einladend. Er fühlte, wie willkommen sein Penis war. Unnachgiebig hielt er ihre Schenkel fest, presste sie vorwärts, drückte ihren Nacken nach unten, umarmte ihre Taille, streichelte zärtlich ihre Brüste. Delias Widerstand brach zusammen, ihr Schnaufen wurde schneller. Ihre Vagina begann zu pumpen, schloss sich noch enger um sein Geschlecht. Ihr Verstand hatte aufgegeben. Delia bestand nur noch aus Verlangen nach Befriedigung, alles andere erschien plötzlich an Bedeutung verloren zu haben.

Ein letztes Mal stoppte Lennart seine Bewegungen, grinste wissend. Er nahm den Knebel aus ihrem Mund. Er wollte sie stöhnen und schreien hören. Dann stieß er sich in einem animalischen Ritt wieder und wieder in sie hinein, krallte seine Finger in ihre Hüften. Sie schrie laut auf, bockte unter ihm. Doch er gab nicht nach, Delias lustgesteuerte Gegenwehr feuerte ihn an, sein Rhythmus wurde schneller, dann fühlte er die Kontraktionen ihrer Vagina, als sie in einem wilden Orgasmus erbebte, einen letzten langen Schrei von sich gab.

Aber er würde ihr noch keine Ruhe gönnen. Er zog sich aus ihr heraus, drehte sie schnell auf den Rücken, hängte ihre Armfesseln mit Ketten an Ringen an der Wand über der Matratze ein, hob ihre Beine hoch und befestigte sie ebenso an Ringen, sodass sie wie zusammengeklappt vor ihm an der Wand hing.

Delia war völlig überrumpelt von seiner Aktion. Keuchend starrte sie in seine grauen Augen. Zufrieden streichelte Lennart über ihre geöffnete Scham, weit gespreizt und glitzernd vor Nässe lag Delia vor ihm. Sie schüttelte abwehrend den Kopf, doch Lennart nickte heftig. Dann schob er sich vor und drang erneut tief in ihre Grotte ein. Ihre Scheide zuckte voller Lust und schloss sich fest um ihn.

Lennart war stolz darauf, dass er seine Erektion lange halten konnte, verharrte eine Minute ruhig, las die Unruhe und die unausgesprochene Frage in Delias Miene, als ihre Eruptionen nachließen. Sanft strich er über ihre prallen Nippel, hörte, wie sie schnaufend einatmete und die Luft anhielt. Endlich, erneut bohrte er sich tief hinein, stieß zu, wieder und wieder. Delia warf ihren Kopf hin und her. Wie war das möglich? Ihre Vagina bebte, pochte, vibrierte in ungestillter Gier, presste sich seinem Geschlecht, das sie besitzergreifend ausfüllte, in wilder Leidenschaft entgegen und steuerte einem neuen Orgasmus entgegen. *Ja, nimm mich, besorg's mir, zeig mir, dass ich dein Eigentum bin, ich will deine Sklavin sein,* schoss es ihr quälend durch den Kopf und sie verstand sich selbst nicht mehr.

Ein glückseliges Gefühl durchströmte sie, als Lennart wild aufstöhnte und seinen Samen in sie hineinpumpte, dann seinen Kopf auf ihre Schulter lehnte und schwer atmend eine Weile in dieser Position verharrte. Das wundervolle Gefühl wich abrupt einer tiefen Traurigkeit, als er Delias Beine von der Wand löste, stattdessen ausstreckte und zusammenband, sie wieder mit der Beißstange knebelte und sie dann in ihrem und seinem Saft einfach liegen ließ. Sie fühlte das übermächtige Bedürfnis, sich zu reinigen, und wie schön wäre es gewesen, in seinen Armen einzuschlafen. Aber er stieß sie unbarmherzig zurück in die Einsamkeit.

Kapitel 14

Auch als der Reiz nachließ und die Ernüchterung zurückkehrte und ihr zum Heulen zumute war, musste Delia zugeben, dass ihr Körper die Liebkosungen genossen hatte, und sie sehnte sich nach mehr. Aber nicht nur danach. Nach seiner Nähe, seiner Stimme. Sie hätte sich sogar so weit erniedrigt, ihm wie ein Hund zu Füßen zu liegen, wenn er sie nur mehr beachtet und ihr seine Gegenwart geschenkt hätte. Sie war nicht bereit, ihr Dasein in diesem Zimmer zu verbringen, auf einer kahlen Matratze, ständig gefesselt und nur dazu da, von ihm nach Belieben wie ein Sextoy benutzt zu werden.

Sie hörte seine Schritte und kniff die Augen zusammen. Er blieb stehen. Die Stille war unerträglich. Zart, unglaublich zart streichelte seine Hand über ihren Körper. Sie bäumte sich auf, sträubte sich, wimmerte Proteste. Aber er hörte nicht auf. Er war geduldig und er wusste, wo ihre Schwachstellen waren.

Unermüdlich liebkoste er ihren Körper, bis ihre Kraft nachließ. Er entfernte den Knebel und erwartete, dass sie ihn beschimpfen würde. Aber sie zitterte nur. Es war wieder wie ein Verrat. Ihr Körper wollte diese Streicheleinheiten. Er war einsam, ungeliebt, unbefriedigt. Lennart nutzte dies aus. Er hatte sie lange genug beobachtet und alleine gelassen. Jetzt war sie so weit. Sie würde sich beugen und ihm gehören.

Aber er irrte sich. Sie war noch nicht zerbrochen. Tief in ihrem Inneren glomm noch ein Funke Widerstand, den sie bislang vor ihm verborgen hatte. Er konnte es nicht sehen. Haarsträhnen verdeckten ihr Gesicht. Durch halb geöffnete Augen beobachtete sie ihn zwischen ihren Haaren hindurch. Wie selbstsicher er wirkte. Und niemand würde sie retten. Kein Prinz, der die Dornenhecke durchschnitt und die Prinzessin aus ihrem Alptraum wach küsste. Kein Terminator, der die Welt vor dem Unheil errettete. Niemand. Die Wut, die sie erstickt geglaubt hatte, ergriff Besitz von ihr und steuerte ihre Handlungen.

Als Lennart sich über sie beugte und ihre Haare beiseitestrich, um sie zu küssen, nahm sie all ihre Verzweiflung und Wut zusammen und schnappte nach seiner Wange. Im letzten Augenblick wich er erschrocken aus, griff sich instinktiv an die Backe, starrte sie ungläubig an. In seinen Augen stand Zorn, der sich sekündlich steigerte, und er holte aus ...

Delia schloss die Augen. Es war ihr egal. Sollte er sie schlagen, grün und blau prügeln, sein wahres Gesicht offenbaren. Seine Liebe war nur Lüge. Doch nichts geschah. Langsam öffnete sie ihre Augen. Er verharrte noch immer in derselben Stellung, wenige Zentimeter von ihrem Gesicht entfernt zitterte seine Hand in der Luft. Seine Miene war nun nicht mehr nur von Wut geprägt, sondern von Enttäuschung, unfassbarer Enttäuschung.

Mühsam wich er zurück, setzte sich seitlich zu ihr, stierte die gegenüberliegende Wand an. «Warum tust du das?»

«Warum tue ich was? Warum ich nach dir schnappe?»

«Nein», erwiderte er und seine Stimme klang traurig und ratlos. «Warum willst du mich nicht lieben und dich nicht unterwerfen? Ich könnte dir alles geben, alles ...»

Delia lachte hohl. «Dich lieben? Wie stellst du dir das vor?» Sie schnaubte wütend. «Du drohst mir, du entführst mich, du hältst mich hier fest, du quälst mich – und erwartest, dass ich dich liebe? Das ist grotesk!»

Lennart schwieg. Er ahnte, dass sie Recht hatte, aber er wollte die Wahrheit nicht an sich heranlassen.

«Du bist krank, ein Psychopath. Ja, das bist du: ein Psychopath! Ich hätte mich niemals darauf einlassen dürfen. Diese Freitage. Immer wieder diese Freitage. Du hast mir etwas vorgegaukelt!»

Eine Weile schwiegen sie beide.

«Warum bist du dann gekommen, obwohl du mich für – verrückt hältst? Nur des Geldes wegen?»

Er befand sich in einer Sackgasse. Sie wollte ihn nicht. Eigentlich müsste er sie gehen lassen. Aber er liebte sie, er war krank vor Liebe. Er wollte ihre Zuneigung, ihre Liebe, nichts mehr als die Leidenschaft in ihren Augen sehen, jeden Tag, für immer und ewig. Alles wollte er ihr geben, alle Zärtlichkeit, zu der er fähig war. Er war nicht scharf darauf, sie zu quälen oder zu vergewaltigen, er wollte Hingabe, damit er ihr im Gegenzug seine ganze Wärme und Zärtlichkeit schenken konnte. Warum wollte sie das nicht? Sie hatte ihm nichts vorgespielt – ihr körperliches Begehren war echt. Warum nicht ihre Liebe? Er verstand es nicht. Frauen waren schrecklich kompliziert. Die Welt war kompliziert. Alles. Alles würde er für sie tun. Für sie sorgen. In seinem Kopf begann sich ein Karussell zu drehen, als ob er getrunken hätte.

Er drehte sich zu ihr um, nahm ihr die Fesseln ab. Dann stand er auf. «Was soll ich deiner Meinung nach tun?», fragte er leise.

Delia rieb sich die Handgelenke, setzte sich auf und sah ihm direkt in seine unergründlichen grauen Augen. «Lassen Sie mich gehen, bitte!»

Lennart schüttelte den Kopf. «Das kann ich nicht!»

Delias Kopf war voller Wut. Ihr Blut kochte.

«Auch wenn du es nicht glaubst, es nicht verstehst: Ich liebe dich.»

Mit einem Mal verstand Delia den Ausdruck in seinen Augen. Dieser eigentümliche Blick, der sie so oft mit einer Mischung aus Arroganz, Besitzanspruch und – das war es – Schmerz! gemustert hatte. Plötzlich empfand sie wieder dieses seltsame Bedürfnis, ihm aus freien Stücken nachzugeben, sich zu unterwerfen, ihre und gleichzeitig seine Sehnsucht zu stillen.

Lennart verfolgte irritiert den Wandel ihrer Mimik. Er zog fragend die Augenbrauen hoch.

Zu ihrer Verblüffung vernahm Delia ihre eigene Stimme, die wie von selbst demütig und aufrichtig flehte: «Sag mir, was ich tun soll. Ich bin bereit, mich dir zu unterwerfen.» Sie senkte nicht ihren Blick, wie es sich gehört hätte, auch ihre Anrede war falsch, stellte jedoch ein vertrauliches Band zwischen ihnen her, und ihr Versprechen war diesmal aufrichtig.

Lennart war darauf nicht vorbereitet. Zu lange hatte er gewartet, gehofft. Er war festgefahren, nicht bereit, ihr zu glauben. Nicht jetzt, nach allem, was geschehen war.

Es war nicht nötig, das auszusprechen. Delia verstand auch so. Sie senkte schuldbewusst ihren Kopf. Er wandte sich ab und ging zur Tür. Seine stolze, herrische Haltung hatte in den letzten Minuten erheblich gelitten. Seine Schultern hingen herab und sein Gang war fast schleppend.

«Bitte lass mich gehen! Verdammt noch mal! Du kannst mich doch nicht ewig hier festhalten?»

Er wollte sie anschauen, aber zum ersten Mal schaffte er es nicht. Er wollte ihr antworten, ihr sagen, dass er nur das Beste für sie wollte, er würde sich immer um sie kümmern. Aber er brachte keinen Ton heraus.

Es war Delia unverständlich, dass er sie ausgerechnet in diesem Augenblick alleine ließ. Musste sie ihre Bereitschaft noch in irgendeiner Weise untermauern? Hatte er nicht verstanden, was sie gesagt hatte? Sie würde alles tun, was er verlangte!

«Und jetzt? Wie soll es weitergehen?», rief sie ihm hinterher. «Ich unterwerfe mich doch. Bitte rede mit mir! Lass mich nicht alleine. Ich sterbe vor Einsamkeit!»

Doch schweigend verließ er das Zimmer und schloss leise die Tür hinter sich. Wie betäubt blieb Delia alleine zurück.

Sie hatte eine Schlacht gewonnen und zugleich dieselbe verloren. Sie hatte ihm getrotzt, aber sie war nicht frei. Sie war stolz auf sich und wütend auf ihn und zugleich verzweifelter denn je. Warum hatte er ihre Bereitschaft zur Unterwerfung nicht akzeptiert? Das war es doch, was er wollte. Delias Wut kehrte zurück. Wieso nur hatte sie diesen schwachen Moment geduldet? Sie kannte die Antwort, aber sie wollte es sich nicht eingestehen, dass Lennart nach wie vor eine unwiderstehliche Anziehungskraft auf sie ausübte und dass sie ihn – liebte.

Sackgasse. Sie befanden sich beide in einer Sackgasse. Er war verstört, sehr verstört, das hatte sie ihm angemerkt. Aber sie war nicht weniger verstört. Sie kannte Lennart nur als Freier, als Herr, als Gebieter, als denjenigen, der sich nahm, was ihm vermeintlich zustand. Er war der unglaublichste Mann, dem sie jemals begegnet war, und sie war von seiner Art fasziniert gewesen. Aber Liebe konnte man sich nicht einfach nehmen. Liebe musste man sich erarbeiten. Wieso wollte er überhaupt Liebe? War er denn selbst fähig, Liebe zu geben? Wusste er eigentlich, was Liebe ist, dieser Bastard? Gewiss, er konnte unglaublich sinnlich sein, leidenschaftlich, raffiniert, ihre geheimsten erotischen Wünsche erahnen und ihr prickelnde Lust verschaffen – aber Liebe?

Delia ballte ihre Hände zu Fäusten. Warum suchte denn niemand nach ihr und beendete diesen Zwiespalt?

Zur gleichen Zeit drehte Sabrina unschlüssig die Ansichtskarte aus Australien in ihren Händen. Die Schrift wirkte hektisch, nur wenige Worte standen darauf, als hätte Delia es eilig gehabt, die Karte einzuwerfen. Grüße und zwei Unterschriften. Wieso und mit wem war sie plötzlich in den Urlaub geflogen? Wer war Peter? So viel Spontaneität sah Delia überhaupt nicht ähnlich, dass sie mit einem neuen Lover Hals über Kopf in den Urlaub flog. Sie war schon gespannt auf die Erklärung.

Lennart erschien nur noch einmal kurz an diesem Abend, stellte wortlos eine Thermoskanne ab und ging wieder, ohne Delia nur ein einziges Mal anzuschauen. Durstig goss sie sich den duftenden Tee in ihren Becher und trank hastig. Dann legte sie sich aufs Bett, von einer wohligen Wärme durchflutet, und bald darauf war sie fest eingeschlafen. Sie schlief tief und lange, erwachte benommen davon, dass Lennart sie erneut fesselte. Bitterkeit stieg in ihr auf.

Ihre Beine wurden weit gespreizt und an Ketten befestigt, die Lennart zur Decke hochzog, bis ihr Po mehrere Zentimeter über dem Bett schwebte. Delia schüttelte ihren Kopf, um richtig wach zu werden, versuchte zu verstehen, was er vorhatte.

«Du bist also bereit, dich zu unterwerfen und zu gehorchen? Immer noch?»

Delia sah ihn verwirrt an. Dann stotterte sie mühsam: «Ja, Herr!»

«Gut, dann bist du doch sicherlich damit einverstanden, dass ich dich erst mal für die vergangenen unartigen Tage strafe?»

Er wartete ihre Antwort nicht ab. Dann lernte sie kennen, was er mitgebracht hatte, einen dickeren Rohrstock. Schmerzhafte Hiebe überfielen ihren Po, ein Streich nach dem anderen. Delia begann zu wimmern, unterwürfig zu betteln, sich für alles zu entschuldigen, was sie jemals gesagt oder getan hatte. Sie wusste, mit Beschimpfungen und Widerstand hätte sie ihre Lage verschlimmert. Wenn sie eine Verbesserung ihrer Situation wollte, musste sie bei ihrem Versprechen bleiben. Aber es fiel ihr schwer, unglaublich schwer. Heiße Striemen überzogen ihre Haut.

«Bitte Herr, ich werde mich bessern. Bitte geben Sie mir eine Gelegenheit, Ihnen das zu beweisen. Aua, bitte!»

Lennart senkte sie so weit ab, dass ihr Po auflag, die Beine aber immer noch in die Höhe standen. Lockend streichelte er über ihre Brustwarzen, bis diese hungrig nach mehr wurden, prall und sensibel. Delia jammerte leise. Da hörte er unvermittelt auf. Er holte etwas aus dem Schränkchen. Eine Augenbinde schickte Delia in die Dunkelheit. Aber das war noch nicht alles. Es dauerte einen Moment, hörte sich an, als ob etwas leise aufgeschraubt wurde, dann ein Geräusch, so ähnlich als ob ein Gel aus einer Tube gedrückt würde. Dann stupste etwas an ihre Pforte. Er würde sie doch nicht etwa jetzt nehmen, sie war nicht dazu bereit – aber es fühlte sich viel zu fest und anders an, dann wusste sie es und hielt den Atem an. Lennart schob ihr langsam einen mit Gleitmittel präparierten Vibrator hinein, der an einem Band befestigt war, um ein Herausdrücken zu verhindern. Er fixierte ihn, dann ging er hinaus und ließ Delia eine Weile alleine.

Es war zunächst nicht unangenehm. Aber dann fühlte sie, wie sie ausgefüllt war. Es machte sie an, steigerte ihre Lust. Es war nicht möglich, den

Vibrator aus sich herauszudrücken. Ihre Vagina begann lüstern zu pochen und zu ziehen.

Doch es sollte noch schlimmer werden. Delia zuckte zusammen, erschrak, Herzklopfen setzte ein. Sie wand sich stöhnend vor Lust, denn das Gerät begann zu vibrieren, versetzte ihren Unterleib in lüsterne Schwingungen, dann ging es wieder aus. Nach ein paar Sekunden sprang es wieder an, dann wieder aus.

Nach seiner Rückkehr wiederholte Lennart seine persönliche zärtliche Folter, leckte ihre Perle und streichelte ihre Brüste, spielte mit ihrem Körper, bis sie laut seufzte, gönnte ihr aber keinen Orgasmus. Sie bettelte, flehte, aber er gab nicht nach.

Das Spiel wiederholte sich wieder und wieder. Lennart versetzte ihren Körper in höchstes Entzücken, penetrierte sie mit dem Vibrator, hörte jedoch stets auf, wenn es am aufregendsten war.

Delias Körper glühte wie im Fieber. Sie war kurz vorm Durchdrehen. Sie jammerte und flehte, bettelte um Erlösung, wiederholte ihre Versprechen ein ums andere Mal. Schließlich bat sie sogar um eine weitere Bestrafung, wenn sie sich dadurch einen Orgasmus verdienen würde.

Lennart lächelte zynisch. Das Ziel schien ihm nahe. Er schob ihr einen großen Knebel hinter die Zähne. Dann legte er sich seitlich neben sie, streichelte mit seinen Fingern eine Weile zärtlich über ihre Brüste, ihren Bauch. Er wurde langsamer, hörte auf, sein Arm und seine Hand lagen zwischen ihren Brüsten, wurden allmählich schwerer. Lennart war eingeschlafen. Während er sich mit einem friedlichen Schlaf erholte, war Delia fiel zu aufgewühlt, um zu schlafen. Ihre Gedanken drehten sich immer um die eine Frage: Was soll ich denn noch tun, um ihn zufrieden zu stellen? Ich habe doch getan, was er verlangte und mich unterworfen. Was will er denn noch hören?

Lennart wartete darauf, dass Delia sich auf das Bett legte, als er sie vom Badezimmer zurückbrachte. Er war unschlüssig, wie lange er dieses Spiel fortsetzen sollte. Er hielt den Knebel in der Hand. Aber zu seiner Überraschung kniete sie demütig vor ihm nieder. Sie legte die Handflächen bittend aneinander und sah ihn von unten mit Tränen in den Augen an. «Bitte, bitte keinen Knebel mehr. Ich widerspreche doch gar nicht mehr, und ich werde auch nicht mehr betteln und jammern – Herr! Bitte! Ich verspreche es. Ich tue alles, was Sie verlangen. Aber meine Zähne und der Kiefer schmerzen entsetzlich! Ich halte das nicht mehr aus. Bitte ersparen Sie mir den Knebel. Ich habe doch schon gesagt, dass ich bereit bin, Ihre Sklavin zu sein und Ihnen zu dienen. Bitte, zeigen Sie Gnade!»

Er sah ihr an, wie schwer ihr das Sprechen fiel. Er streckte seine Hand aus und fuhr ihr sanft über die Wange. Dann erwiderte er zu ihrer Erleichterung: «In Ordnung, Sklavin. Einverstanden. Ich bin geneigt, dir zu glauben. Möchtest du eine Schmerztablette?» Er würde ihr eine Chance geben, ihren Gehorsam und ihre Unterwerfung zu beweisen. Delia nickte.

«Gut. Du bleibst hier knien. In perfekter Haltung. Mit geschlossenen Augen. Bis ich wiederkomme.»

Delia gehorchte. Sie nahm die Hände zurück auf den Rücken und schloss die Augen. Es fiel ihr schwer, weiter ruhig zu verharren, als sie hörte, wie sich seine Schritte entfernten.

Lennart ließ sich Zeit. Auf dem Display des tragbaren Überwachungsgeräts beobachtete er, wie sie aufstand und nervös die Ecken des Raumes inspizierte. Dann musste sie das Objektiv einer der winzigen Kameras entdeckt haben. Er sah das Erschrecken in ihrem Gesicht und wie sie an ihren Platz zurückeilte.

Die Gedanken in Delias Kopf rasten. Es war also tatsächlich so, wie sie befürchtet hatte. Er konnte sie die ganze Zeit beobachten. Der Gedanke war ihr in letzter Zeit schon öfter gekommen, aber sie hatte keine Gelegenheit gehabt, alle Winkel des Zimmers daraufhin zu überprüfen.

Was würde passieren, wenn er sie soeben beobachtet und gesehen hatte, dass sie schon wieder ungehorsam gewesen war? Ihr brach kalter Schweiß aus. Wenn er ihr nun zur Strafe wieder den Knebel anlegte und sie ans Bett fesselte? Sie würde es nicht länger ertragen, diese Stille, diese Einsamkeit, den Schmerz in ihrem Kiefer. Tränen füllten erneut ihre Augen.

Seine Schritte kamen näher. Sie fühlte, wie er ganz nah vor ihr stehen blieb.

«Mach die Augen auf. Hier ist deine Tablette und ein Glas Wasser.»

Delia atmete auf. Sie nahm die Tablette und schluckte sie hinunter. Hatte er etwas bemerkt? Sollte sie lieber beichten? Sie trank einen weiteren Schluck, um Zeit zu gewinnen. Das kühle Wasser war angenehm. Sie schniefte leise.

«Warum weinst du? Was hast du angestellt, während ich unten war?»

Delia verschluckte sich vor Schreck und fing an zu husten. Er klopfte ihr leicht auf den Rücken. Dann ächzte sie: «Sie haben, Sie können – es tut mir leid, Herr. Ich war gerade wieder ungehorsam.» Delia verstummte. Was sollte sie noch sagen, wie konnte sie ihn milde stimmen? Dann fiel es ihr wieder ein. «Ich bitte um eine angemessene Bestrafung – Herr.» Sie sah scheu zu ihm auf, hielt seiner strengen Miene stand. «Bitte, Herr, ich weiß, ich verdiene es nicht anders, aber bitte, bitte strafen Sie mich nicht zu hart, bitte – Gnade!» Wie wütend war er wohl auf sie? Würde er sich wenigstens diesmal erweichen lassen?

Zu ihrer Überraschung erschien ein sanftes Lächeln auf Lennarts Gesicht. «Du hast herausgefunden, dass ich dich überwache und mir keiner deiner Schritte entgeht, nicht wahr?» Er seufzte und setzte sich auf den Stuhl. «Was soll ich nur mit dir machen? Du weißt, dass ich dich für jedes deiner Vergehen züchtigen muss. Komm her und leg dich über meine Schenkel, Hände auf den Rücken!»

Sie stellte sofort das Glas ab und ging mit gesenktem Kopf zu ihm. Sie legte sich über seine Beine und legte die Hände auf den Rücken. Lennart schloss die Karabinerhaken zwischen den Fesseln. Delia wimmerte leise vor Angst. Er hielt sie mit einer Hand fest, damit sie ihm nicht von den Beinen rutschte, während die andere Hand sanft über ihren Rücken, ihren Po und ihre Schenkel streichelte. Dann schlug er zu, aber nur ganz leicht, kaum spürbar, in zärtlichen liebevollen Klapsen. Es dauerte lange, sehr lange, bis ihre Haut sich in ein zartes Rosa verwandelte und zu brennen begann.

Delia war überrascht, und als sie zappelte und stöhnte, geschah es nicht vor Schmerz, sondern aus Dankbarkeit und Lust. Lennart streichelte und küsste sie, bedeckte ihren Körper mit Liebkosungen, bis ihr schwindlig wurde, erteilte ihr dann ein paar schärfere Klapse, aber immer noch gut zu ertragen, schickte sie erneut in einen Strudel sinnlicher Berührungen, in dem sie hilflos versank und für eine gewisse Zeit ihr Elend vergaß. Dann schob er sie von seinem Schoß, ließ sie auf der Matratze niederknien und drang von hinten in sie ein, langsam, liebkoste sie dabei weiter, spürte voller Glück, wie sie sich unter ihm öffnete und sich bereitwillig hingab, steigerte allmählich sein Tempo und hob sie mit sich auf den Vulkan, der in unendlichen Eruptionen seine Lava versprühte ...

Kapitel 15

Es war ihr unmöglich, Schlaf zu finden. Hatte sie wirklich beschlossen, sich ihm zu unterwerfen? Es blieb ihr wohl nichts anderes übrig, als dabei zu bleiben. Wenn sie jetzt einen Rückzieher machte, wären die Folgen wohl noch schlimmer. Sie hatte keine Kraft mehr, ihm zu widerstehen – jede Faser ihres Körpers war süchtig nach Sex mit ihm. Allzu gerne würde sie ihm etwas davon zurückgeben, ihn ebenfalls streicheln und küssen, wenn er es zuließe.

Als sie am späten Nachmittag seine Schritte auf der Treppe hörte, überwand sie erneut ihren Stolz und kniete sich auf den Boden nieder, den Kopf vollkommen geduckt, die Hände weit nach vorne gereckt, wie eine Katze, die sich nach dem Schlafen streckt.

Lennart ging langsam und schweigend herein. Er holte sich den Stuhl, der neben der Tür stand, stellte ihn mitten in das Zimmer und setzte sich. Minutenlang geschah nichts. Er wartete, ob sie durchhielt, ob diese Geste der Unterwerfung aufrichtig war.

«Komm her», befahl er und ein Ruck ging durch ihren Körper. «Aber achte darauf, deine Augen gesenkt zu halten! Knie dich direkt vor mir auf den Boden!»

Delia erhob sich. Ihre Bewegungen waren ein wenig steif. Sie kniete vor ihm nieder, dort, wohin seine ausgestreckte Hand zeigte.

«Hände auf den Rücken, Brust raus, mehr aufrichten, Blick nach unten!», kommandierte er mit fester Stimme und sie gehorchte schaudernd. «Beine weiter auseinander! So ist es besser. Wir werden das üben, bis du es wie im Schlaf beherrschst.»

Delia sah nur seine Fußspitzen. Sie befolgte seine Anweisungen, und obwohl sie es als demütigend empfand, wie er sie herumkommandierte, war sie doch froh, endlich wieder eine Stimme zu hören, seine Stimme.

Und dann begann er unvermittelt anders zu sprechen. Sie hatte nicht den Eindruck, dass er mit ihr redete. Zunächst glaubte sie, er würde plötzlich Selbstgespräche führen, obwohl er das noch nie getan hatte. Aber irgendwie erinnerten sie die Worte, die Namen, der Inhalt seiner Sätze an etwas, was eine Weile zurücklag. Überrascht hob sie den Kopf und dann erst begriff sie, dass er das Buch mitgebracht hatte und ihr vorlas. Seine Miene wirkte konzentriert. Ein Gefühl der Dankbarkeit überfiel sie. Sie senkte schnell den Kopf und lauschte aufmerksam.

Lennart hatte sehr wohl bemerkt, dass sie unartig gewesen war und den Kopf gehoben hatte. Aber er tolerierte es. Von da an bewegte sie sich keinen Millimeter, aber wenn er ihr einen kurzen Blick zuwarf, sah er, dass sie vollkommen von seiner Stimme gefangen war, und es erfüllte ihn mit Zufriedenheit.

Zwei Kapitel und zwanzig Minuten später klappte Lennart das Buch leise zu. Er betrachtete Delia einen Moment schweigend, dann stand er auf. «Ich will, dass du so bleibst, bis ich zurückkehre, verstanden?»

Sie nickte.

«Ich höre nichts? Das heißt *Ja, Herr*!»

«Ja, Herr», erwiderte Delia leise.

«Zu leise!», knurrte Lennart ungehalten.

«Ja, Herr», antwortete sie ein wenig lauter. «Und – vielen Dank fürs Vorlesen. Das war sehr schön.»

«Hmm», brummte er.

Delia hörte ihn die Treppe hinuntergehen. Die Tür stand offen. Nur mühsam widerstand sie dem Impuls, die Treppe hinunterzurennen. Sie war sich darüber im Klaren, dass sie nicht weit gekommen wäre. Er hatte bestimmt die Haustür abgeschlossen oder sonstige Maßnahmen ergriffen, sie an einer Flucht zu hindern. Außerdem – hätte sie nackt auf die Straße laufen sollen? Ja, sie hätte es getan. Aber er kehrte bereits zurück. Seine Schritte waren schnell. Er nahm zwei Stufen auf einmal. Wenn sie flüchten wollte, musste die Gelegenheit günstiger sein und eine wirkliche Chance beinhalten.

Lennart hatte ein paar Dinge mitgebracht, die er auf dem Tisch ablegte. Er setzte sich wieder auf den Stuhl und stellte zufrieden fest, dass sie seinen Befehl befolgt hatte. Schweigend musterte er sie. Ihre Haare waren ungekämmt, zerzaust vom Herumwälzen. Er musste besser darauf achten, dass sie nicht verkam, genügend Gelegenheit erhielt, sich ordentlich zu pflegen. Wobei dieser Anblick ihre Attraktivität nicht wesentlich schmälerte. Es gab ihr so etwas Animalisches, was zu ihrer ungezähmten Wildheit passte. Er lächelte über seinen Vergleich. So war sie: wie ein ungezähmtes Tier!

Delia atmete schwer, nervös, ein wenig unregelmäßig. Ihre Brüste hoben und senkten sich sichtbar bei jedem ihrer Atemzüge. Ihre Nippel reckten sich keck empor. Sein Schweigen war unerträglich. Delia fühlte beinahe körperlich, wie er sie betrachtete, ein Kribbeln wie von Tausenden Ameisen erfasste ihre Haut und sie gestand sich ein, dass es sie anmachte, nackt und schutzlos vor ihm zu knien.

«Bitte, Herr, darf ich etwas fragen?» Sie hob ein wenig, fast unmerklich ihren Kopf, aber Lennart war diese Bewegung nicht entgangen.

«Du darfst, aber der Kopf bleibt unten! Und überleg dir gut, was du sagst.»

Delia holte tief Luft. Sie hatte sich in vielen schlaflos durchweinten Stunden Sätze zurechtgelegt, versuchte ihr Anliegen geschickt einzuleiten.

«Bitte sagen Sie mir, Herr, warum Sie mich hier festhalten und warum Sie so streng mit mir sind?»

«Du kennst die Antworten doch längst, aber ich wiederhole sie gerne noch einmal. Ich will dich. Aber nicht aufmüpfig, herumschreiend, schimpfend. Ich erwarte eine devote, liebevolle Sklavin.»

Mit Mühe schluckte Delia herunter, was sie davon hielt, wie abscheulich sie diese Idee nach wie vor fand. Er verhielt sich menschenverachtend! Sie zitterte vor Angst, dass sie etwas Falsches sagen könnte und er sie wieder alleine lassen würde. Aber sie musste es wenigstens versuchen. «Bitte, lassen Sie mich doch gehen, bitte, Herr! Warum machen Sie sich so viel Mühe? Sie finden doch bestimmt jemand anderen, eine Frau, die dankbarer, unterwürfiger und lernfähiger ist als ich!» Ihre ganze Hoffnung lag in diesen Worten.

«Nein, du weißt, dass ich dich nicht gehen lasse. Du wirst es endlich akzeptieren! Du bist es, die ich will, keine andere!» Seine Stimme war lauter geworden, klang extrem ungehalten. Delia zog den Kopf ein und wäre am liebsten im Boden versunken. «Und du bist durchaus lernfähig, leider aber auch dickschädelig und uneinsichtig! Ich hatte eigentlich gehofft, du wärst so weit, das einzusehen und abzulegen. Hattest du nicht gestern erst geschworen, du würdest dich unterwerfen und gerne meine ergebene Sklavin sein?»

Lennart stand auf und ging zur Tür. Es dauerte nur Sekunden, bis Delia begriff, dass er dabei war, seine Maßnahmen fortzusetzen. Sie verstand, dass er entschlossener denn je war, Härte zu zeigen.

Sie gab sich einen Ruck, missachtete den widerspenstigen Teufel in ihrem Kopf, der unentwegt protestierte. *Nein, demütige dich nicht vor ihm, nein!* Auf allen vieren krabbelte sie so schnell sie konnte über den Boden ihm hinterher.

Lennart drehte sich überrascht um. Sie stoppte knapp vor seinen Füßen, streckte ihre Hände nach ihnen aus, ohne sie zu berühren, beugte sich tief herunter und stammelte mit Tränen in den Augen: «Nein, bitte, bitte gehen

Sie nicht. Lassen Sie mich nicht schon wieder alleine! Ich werde alles tun, was Sie verlangen! Bitte, es ist schrecklich langweilig alleine, bitte, ich – ich werde gehorsam sein! Ich schwöre es, ich schwöre es!» Sie schluchzte laut auf.

Ihr Gewimmer versetzte ihm einen Stich ins Herz. War sie dabei zu zerbrechen? Er hatte gewonnen, vielleicht noch nicht ganz, aber der Weg schien endlich geebnet.

Delia wagte einen letzten Versuch und sprach das aus, was sie eigentlich schon die ganze Zeit über fragen wollte. «Könnten wir denn nicht wie – wie Partner, ich meine, wie gleichgestellte Geliebte zusammenleben? Warum muss ich mich unterwerfen?» Nun war es raus. Ihr stockte der Atem vor Angst.

«Nein, das habe ich alles schon hinter mir! Ihr Frauen seid mir zu berechnend und fordernd! Reicht man euch den kleinen Finger, begnügt ihr euch nicht mal mit der Hand, dann muss es gleich der ganze Arm sein! Und wenn ihr euer Ziel erreicht habt, verschwindet ihr von heute auf morgen!», herrschte er sie barsch an. « Hör auf zu heulen! Wir werden mit deiner Erziehung fortfahren, verstanden?»

Ein kalter Schauer lief Delia über den Rücken. *Erziehung?* Aber sie nickte artig, um ihn nicht noch mehr zu reizen. Sie hatte das Gefühl, nie wieder sprechen zu können.

«Und jetzt sag es!»

Delia zuckte zusammen. Was sollte sie denn sagen?

«Sprich es aus: Ich unterwerfe mich als Ihre Sklavin, Herr. Ich bitte um eine strenge Erziehung.»

Delias Lippen bebten, als sie seine Worte wiederholte, und es war fast ein Flüstern, aber Lennart genügte es. «Ich unterwerfe mich als Ihre Sklavin, Herr. Ich bitte um eine strenge Erziehung.»

«Gut, komm mit. Runter. Auf allen vieren!»

Delia zögerte, dann wischte sie ihre Tränen ab, schniefte und begann rückwärts auf Händen und Knien die Treppe hinunterzurobben. Vorwärts traute sie sich nicht. Sie hatte Angst, kopfüber hinunterzustürzen. Lennart hatte keine Einwände, Hauptsache sie gehorchte und folgte ihm wie ein Hund auf allen vieren statt aufrecht.

Unterwegs warf sie einen flüchtigen Blick auf die Wände. Das obere Treppenhaus war in einem dezenten Lindgrün gestrichen, das untere in

Apricot. Die Rahmen der aufgehängten Bilder hatten dieselbe Farbe, nur dunkler. Delia fehlte die Zeit, die Motive zu studieren. Alle Türen und Türrahmen waren in schlichtem, aber strahlendem Mattweiß gestrichen. Delia war ohnedies verwundert, dass nicht alles, auch die Wände, in schlichtem Weiß gestrichen war. Farbe war eigentlich kein Element, das zu Lennart passte. Für sie war er ein Mensch, der mit seinen Emotionen und Handlungsweisen in einem so harten Kontrast stand wie Schwarz und Weiß.

Auf sein Zeichen hin kniete sie sich zwischen seine Beine, als er es sich im Wohnzimmer in einem Sessel bequem machte, und senkte den Kopf. Der naturweiß und hellbraun melierte Teppich unter ihren Knien war angenehm weich und besänftigte ihre strapazierten Knochen.

Lennart war ein wenig besänftigt. Er strubbelte zärtlich durch ihre Haare und setzte seine Erklärungen fort. «Dein Verhalten wird ausschlaggebend dafür sein, wie du in Zukunft von mir behandelt wirst. Alles funktioniert nach dem Prinzip von Bestrafung und Belohnung.» Er packte sie am Halsband und zog ihren Kopf daran ein Stück höher. «Je schneller du lernst und dich anpasst, desto mehr Vergünstigungen wirst du erhalten. Ich weiß, dir war dort oben langweilig. Ich werde das ändern, aber nur wenn du folgsam bist.»

Er musterte sie. Ihr Gesichtsausdruck schien demütig, doch er ahnte, sie wartete nur auf eine Gelegenheit zu flüchten. Seine heimlichen Beobachtungen bestätigten dies. Wenn sie nachdachte, grübelte, zeigte sie ein vielfältiges Mienenspiel, alles, nur nicht Demut.

«Ich werde unnachgiebig sein, verlass dich darauf.»

Er nahm die Hundeleine, die er auf dem Weg nach unten von der Garderobe geholt hatte, legte sie um ein Bein des Couchtisches und ließ den Karabinerhaken in die Öse an Delias Halsband einschnappen. Dann deutete er unter den Tisch und sagte: «Dort ist dein Platz!»

Es war demütigend, sie war doch kein Hund! Genügte es nicht, dass sie ihm auf Händen und Füßen nach unten gefolgt war? Aber eine innere Stimme riet ihr, klein beizugeben und zu gehorchen. Sie kroch unter den Tisch. Die Leine war kurz und gab den Abstand zum Tischbein vor. Sie rollte sich auf der Seite liegend zusammen, zog die Beine fast wie ein Embryo an den Körper.

Er überlegte kurz, ob er ihr noch den Befehl zum Liegenbleiben geben müsste, beschloss aber, ihren Gehorsam auf die Probe zu stellen, und verließ das Zimmer Richtung Küche.

Delia hörte ihn mit Töpfen und Schüsseln klappern. Erst jetzt merkte sie, dass sie vollkommen verspannt war. Der Disput mit Lennart und die demütigende Situation hatten an ihren Nerven gezerrt. Tränen drängten sich in ihre Augen, aber sie schluckte mehrmals und unterdrückte den Reiz zu weinen. Sie streckte sich langsam aus, dehnte und reckte ihre Glieder und allmählich fühlte sie sich wohler. Vorsichtig schaute sie sich aus ihrer Position heraus um. Sofa und Sessel versperrten ihr den Blick. Aber immerhin sah sie, dass die Einrichtung geschmackvoll war. Die Sitzgarnitur aus dunkelgrünem, teurem Leder harmonierte mit den dunkelbraunen halbhohen Schränken. Darüber hingen kleine, farbig kolorierte Stiche im Querformat, die Pferde- und Jagdszenen darstellten.

Sie schloss die Augen. Nichts tun, nichts denken. Doch, schon etwas denken, aber immer nur dasselbe: *Ich werde gehorchen, ich werde gehorchen ...*

Um ein Haar hätte Delia diesen Vorsatz wieder über Bord geworfen. Lennart kehrte mit einem Tablett zurück. Er setzte sich in seinen Sessel, stellte ihr einen der Teller und ein Schüsselchen auf den Boden, balancierte das Tablett mit dem zweiten Teller und einem gefüllten Weinglas auf den Beinen und begann zu essen.

Delia kniete sich hin. Der Couchtisch war niedrig und sie passte nur in geduckter Stellung darunter, um nicht ständig an der Platte anzustoßen. Das Essen duftete herrlich. Klein geschnittenes Gemüse, Kartoffeln, ein angebratenes Hühnerbein. Ihr Magen knurrte augenblicklich voller Verlangen und in ihrem Mund sammelte sich der Speichel. Aber Lennart hatte ihr kein Besteck hingelegt. War das Absicht? Sollte sie etwa wie ein Hund ...? Der Gedanke daran stellte ihr die Nackenhaare auf. Trotzig entschied sie, nicht um Besteck zu bitten, sondern mit den Fingern zu essen, doch kaum hatte sie ihre Hand ausgestreckt, als Lennart ein drohendes Brummen von sich gab, sein Besteck weglegte und nach der Fliegenklatsche fasste, die griffbereit auf dem Couchtisch lag. Delia hielt in der Bewegung inne und schaute fragend zu ihm auf.

«Wenn du hungrig bist und essen willst, dann mach es wie ein Hund!»

Für einen Augenblick spielte Delia mit der Idee, ihm die Speisen an den Kopf zu werfen oder das Essen zu verweigern. Aber es duftete köstlich und sie hatte seit langem nichts Leckeres zu essen bekommen. Ihr war zum Heulen zumute. Seine Demütigungen kannten wohl keine Grenzen. Aber sie riss sich zusammen. Sie würde nicht schon wieder ungehorsam sein und sie würde auch nicht vor Wut heulen. Sie musste ihr Ziel konsequent verfolgen: Wenn sie flüchten wollte, durfte sie nicht in der Dachkammer eingesperrt sein! Um mehr Freiheiten zu erlangen, musste sie ihm glaubhaft Demut und Gehorsam vorspielen.

Sie beugte sich über den Teller, fasste vorsichtig mit den Zähnen nach einem Stück Kartoffel, kaute und schluckte, dann ein Stück Karotte, biss ein Stück Hühnerfleisch ab. Verdammt, schmeckte das gut! Sie kaute langsam und vorsichtig. Ihre Kiefer quittierten jedes zu feste Kauen immer noch mit starken Schmerzen, daher dauerte es lange, bis sie aufgegessen hatte. Zwischendurch schnupperte sie an der Schüssel, in der sich etwas Flüssiges befand. Wasser? Nein, Weißwein. Aus der Schüssel zu trinken war allerdings eine besondere Herausforderung. Es gelang ihr nicht, zu trinken oder ihre Zunge einzutauchen, ohne ihre Nase ebenfalls im Wein zu versenken. Lennart grinste von einem Ohr zum anderen. Schließlich packte sie die Schüssel vorsichtig mit den Zähnen am Rand, kippte sie ein wenig und begann ungeniert zu schlürfen.

Lennart grinste noch breiter. Er sah ihr gelassen zu, nachdem er selbst fertig war. Als er sich ohne besondere Absicht vorbeugte, glaubte Delia, er würde ihr den Teller wegnehmen, und instinktiv duckte sie sich über das Essen, nahm allen Mut zusammen und bleckte leise knurrend die Zähne. Lennart schaute sie verblüfft an, dann begann er schallend zu lachen, klatschte sich vor Vergnügen sogar ganz ungewohnt auf seine Schenkel. Fröhlich prustete er: «Keine Sorge, Bello, ich nehme dir nichts weg! Mach den Teller schön sauber!»

Sie hatte solchen Hunger, dass es ihr inzwischen egal war, dass ihre Nase, ihr Kinn, einige Haarsträhnen vom Teller mitaßen. Als Lennart den Teller in die Küche trug, war er tatsächlich leer und blitzblank geschleckt. Delias Gesicht aber war ein wenig vom Essen verschmiert, und er verbot ihr lachend, irgendetwas davon mit der Hand abzuwischen. Er kehrte mit einem feuchten Lappen und einem Handtuch zurück und putzte ihr wie einem kleinen Kind das Gesicht.

Delia war erleichtert. Es machte ihr nichts aus, dass sie das Objekt seiner Erheiterung war. Lennart wirkte rundum entspannt und das wiederum entspannte ihre Nerven. Sie legte sich wie ein Hund auf die Seite, alle viere von sich gestreckt und hielt sich mit den Händen den vollen Bauch.

Doch dann versetzte er ihr erneut einen Schock. «Und jetzt zähle mir auf, welche Vergehen du in den letzten Tagen begangen hast, damit du eine angemessene Strafe dafür erhältst!»

«Aber», Delia zuckte zusammen, «ich hatte doch gar keine Gelegenheit – war ich denn nicht ...», stotterte sie unzusammenhängend.

«Du kannst auch gerne zur Abwechslung im dunklen Keller sitzen, wenn dir das lieber ist. Du hegst doch bestimmt Fluchtgedanken?»

Delia lief knallrot an, sie kniete sich wieder hin und ihr Kopf sank bis auf den Teppich herab. Ihre letzte Hoffnung erstarb. «Bitte Herr ...», wimmerte sie.

«Nun, hast du dir überlegt zu flüchten oder nicht?»

«Ja, Herr, bitte bestrafen Sie mich für diese, diese, ähm – sündigen Gedanken!»

Lennart grunzte zufrieden. Er befahl sie näher zu sich, entfernte die Leine, hieß sie, vor ihm zu knien, beugte sich über ihre Schulter und holte ein sorgfältig zusammengelegtes Bündel vom Tisch. «Gut, du scheinst zu lernen und geständig zu sein. Das mildert deine Strafe. Aber bevor ich dich züchtige, zieh das hier an. Das wird die nächsten Tage deine Kleidung sein – sofern du scharf darauf bist, dein Zimmer mal zu verlassen und gemeinsam mit mir so etwas Langweiliges zu tun wie fernzusehen – und von mir angefasst zu werden.»

Sie sah erstaunt auf, nickte erleichtert, faltete das Kleidungsstück auseinander. Es war ein Overall aus dünnem luftdurchlässigem, aber reißfestem Material. Ohne zu zögern, stand sie auf und stieg in die Hosenbeine hinein. Die Aussicht, ihr Zimmer auf längere Zeit zu verlassen und weniger alleine zu sein, spornte sie an. Es war ein wenig schwierig, in die Armschläuche hineinzuschlüpfen, und sie merkte, dass mit dem Overall irgendetwas nicht stimmte. Im gleichen Moment griff Lennart ihr schmunzelnd ins Genick und zog das Kleidungsstück an ihrem Rücken mit einem Ruck hoch. Er machte den Reißverschluss zu und Delia merkte, dass sie auch jetzt wieder gefesselt war. Sie stöhnte entsetzt auf, warf den Kopf zurück und trampelte mit den Füßen auf den Boden. Lennart lachte.

Die Armschläuche waren seitlich am Overall festgenäht und endeten in geschlossenen Fäustlingen. Vor ihren Brüsten waren kleine kreisförmige Öffnungen ausgespart, ebenso lagen ihre Scham und ihr Po frei. Delia schluckte. An den Beinen befanden sich mehrere angenähte Riemen, die bei Bedarf als Fesseln geschlossen werden konnten, um sie am Gehen zu hindern. Um ihre Taille war ein Gürtel eingearbeitet, den Lennart nun enger zog. Mit zitternden Lippen schaute sie ihn an. «Bitte, Herr ...»

«Pssst, du sprichst kein Wort, außer du wirst dazu von mir aufgefordert. Und jetzt komm mit, der Film beginnt gleich.»

Er ließ sie einfach stehen, holte sich seelenruhig eine Flasche Wein, forderte sie dann auf, sich auf ein Kissen zwischen seine Beine zu setzen, und trank abwechselnd mit ihr aus demselben Glas, während sie sich einen Film anschauten.

Delia entspannte sich allmählich. Sie war an eines seiner Beine gelehnt und dachte träumerisch, dass er wohl ihre Züchtigung vergessen hatte. Der Film war lustig und sie musste lachen. Dann kam eine Werbepause.

«So, vorhin blieb uns keine Zeit für deine Strafe, aber jetzt können wir das in Ruhe nachholen», sagte er und zog sie auf seine Beine. Jeder Widerstand wäre zwecklos gewesen.

«Bitte, Herr», versuchte Delia ihn umzustimmen, «ich könnte doch ...» Mehrere Klapse von seiner Hand unterbrachen sie. Ihr Kopf sank herunter. Sie biss die Zähne zusammen und wimmerte demütig.

Seine Hand griff nach einem Gegenstand, der vor ihrem Gesicht auf dem Sofa lag. Aus dem Augenwinkel heraus erkannte Delia, dass es die Fliegenklatsche aus weißem Kunststoff war. Stechend ging sie auf ihren Po nieder, entfachte ein schmerzendes Inferno, wieder und wieder, nicht zu fest, aber wirkungsvoll. Aber bald mischte sich der Schmerz mit Lust. Lennart betrachtete zufrieden das Muster, das sich auf Delias Haut abzeichnete. Er fügte noch einige Schläge hinzu, dann legte er die Fliegenklatsche weg und begann ihre Brustwarzen zu befummeln.

«Ja, Herr, ja!», schluchzte sie, bäumte sich auf, fühlte die Feuchtigkeit in ihrer Scham ansteigen.

Dann war die Werbepause zu Ende und Lennart schubste sie unsanft zurück auf das Kissen. Delia war aufgewühlt. Sie sah hinunter zwischen ihre Beine. Ihre nackten Schamlippen glänzten und ihre Perle war geschwollen. Sie richtete sich auf, kniete sich hin, senkte ihren Kopf auf Lennarts Unterleib und rieb auffordernd mit ihrem Kinn und ihrer Nase auf seinem Geschlecht, das unübersehbar eine dicke Beule in der Hose abzeichnete.

Lennarts Augen funkelten. Langsam öffnete er seine Hose und holte seinen Penis heraus. Delia leckte sich über die Lippen. Sie stülpte ihren Mund über sein Glied und begann gefühlvoll mit der Zunge über seine Eichel zu lecken.

Dann presste sie ihre Lippen fester um seinen Schaft, bewegte ihren Kopf auf und ab, erhöhte langsam das Tempo, als er aufstöhnte, bis er sich mit einem Aufschrei in ihrem Mund entlud. Sie lutschte weiter, bis nichts mehr kam und er ihren Kopf festhielt.

Diese Nacht musste Delia nicht alleine verbringen. Lennart nahm sie mit in sein Bett, drängte sich mit seiner Brust fest an ihren Rücken und legte einen Arm um sie, als hätte er Angst, sie zu verlieren. Dabei war es Delia unmöglich zu fliehen. Er hatte die Schließen an den Hosenbeinen benutzt und mehr als Trippelschrittchen waren danach nicht mehr möglich. Aber es war ihr in diesem Moment egal. Sie war nicht mehr alleine. Sie hörte seinen gleichmäßigen tiefen Atem, sie spürte seine Nähe. Mit einem entspannten Lächeln auf den Lippen schlief sie ein. Erst gegen Morgen brachte er sie wieder hinauf.

Kapitel 16

Hunderte Gedankenfetzen schwirrten ihr durch den Kopf, aber nur einer davon blieb hängen und beschäftigte sie weiter: das Opfer-Täter-Syndrom. Darüber hatte sie gerade einen Bericht im Radio gehört. Alles Unfug – hatte sie gedacht. Aber vielleicht war doch etwas dran, dass manche Entführungsopfer sich in den Täter verliebten? War sie ein «Opfer»? Oder war sie mitschuldig an ihrem Dilemma?

Ihre Situation hatte sich in den letzten Tagen ein wenig verbessert. Lennart hatte ihr Bücher, Zeitungen und ein Radio gebracht. Außerdem verbrachte er mehr Zeit mit ihr, und sie stellte fest, dass er intelligent und gebildet war, gerne über verschiedene Themen diskutierte.

Plötzlich war sie sich sicher, dass er ihr nichts antun würde. Er brauchte sie. Warum? Lennart war einsam, sehr einsam! Diese Erkenntnis machte ihr Hoffnung. Minuten später war sie mit einem Lächeln auf den Lippen eingeschlafen.

Sanft drehte er sie auf den Rücken, schob ihre Beine auseinander, teilte ihre Schamlippen und seine Zunge umkreiste ihre Perle. Er streichelte die Innenseite ihrer Schenkel, bis sie sich entspannte und nur noch lustvoll seufzte. Sie driftete in andere Sphären ab. Der Raum war unwirklich, es war nicht Lennart, es war ein Engel der Zärtlichkeiten, der sie liebkoste und ihren Leib in Schwingungen versetzte. Unaufhörlich strebte sie dem Höhepunkt entgegen. Sie wollte ihre Arme bewegen, ihre Hände nach ihm ausstrecken, aber es war nicht möglich.

Irgendetwas hielt sie fest. Aber dann, in einer nicht enden wollenden Eruption entluden sich alle ihre Bedürfnisse. Sie schrie ekstatisch auf, warf den Kopf hin und her. Während ihre Lust nur langsam abebbte, kleine Nachschwingungen sie leise weiter seufzen ließen, streichelte er sanft ihre Brüste, ihren Hals, ihre Wangen, über ihre Haare. Dann deckte er sie wieder zu und ließ sie allein.

Das Licht war grell und unbarmherzig. Lennart hatte alle Lampen angemacht, die Rollläden hochgezogen. Sein Gesicht war versteinert, zeigte keinerlei Gefühlsregungen. Es gab so vieles, was er ihr jetzt sagen wollte, dass er nicht wusste, womit er beginnen sollte. Sie würde es sowieso nicht verstehen. Der Graben zwischen ihnen war tiefer geworden, obwohl es oberflächlich betrachtet anders schien.

Sie hatte sich allmählich geistig vor ihm geöffnet. In den Gesprächen, die sie in diesen Tagen führten, erfuhr er eine Menge über ihre Interessen, die seinen nicht unähnlich waren. Sie war belesen, vielseitig und fleißig. Ihr Job forderte Verantwortungsbewusstsein und ständige Weiterbildung. Sie war bei weitem intelligenter, als er vermutet hätte und alles andere als ein Hausmütterchen. Wenn er sie weiterhin einsperrte, würde all das verkümmern, sie würde zerbrechen und dann wäre eines Tages das, was sie ausmachte, ihre Persönlichkeit, ihre Eigenarten verschwunden. Was nützte es, dass sie endlich Respekt zeigte und sich ihm nicht mehr verweigerte. Er hätte eine Sklavin gewonnen, aber Delia für immer verloren.

Er würde es nicht über sich bringen. In den letzten Tagen hatte er begriffen, dass er einen Fehler gemacht hatte. Einen schwer wiegenden Fehler. Er wollte eine Sklavin, die sich ihm freiwillig und gerne unterwarf, weil sie ihn aufrichtig liebte, und das hätte ihn glücklich und zufrieden gemacht. Aber von Delia würde er das niemals bekommen. Es mochte sein, dass sie ihn liebte, aber ihre Liebe brauchte eine Art von Entfaltung, die er ihr nicht zugestehen wollte. Zu oft war er enttäuscht worden. Wieso sollte es bei ihr anders sein. Sie hatte sich nur unter dem großen Druck unterworfen, den er wochenlang auf sie ausgeübt hatte, aber ihren Stolz und ihren Freiheitsdrang bewahrt. Sobald er ihr mehr Freiheiten gestattete, würde sie fliehen. Sie war seiner erotischen Ausstrahlung verfallen, aber das würde nicht reichen. Nicht auf Dauer. Es war besser, er war derjenige, der einen Schlussstrich zog, jetzt, ehe er von ihr enttäuscht würde und noch mehr litt.

Er, der alles durchdachte, der Mister Perfect, hatte sich geirrt. Es war sein Fehler und alleine sein Problem – nicht ihres. Deswegen würde er das Ganze abbrechen und sie gehen lassen. Die Zeit war vorbei. Vielleicht würde es eine Vermisstenanzeige geben. Vielleicht hatte doch jemand gesehen, wie er sie mitgenommen hatte. Vielleicht würde man einen Zusammenhang zwischen dem Sultan's, zwischen ihrem und seinem Verschwinden herstellen. Er war seither nie mehr dort gewesen. Das Sultan's hatte seinen Zweck erfüllt – und doch nicht. Nie wieder würde er dorthin gehen. Es war ihm überhaupt nicht klar, wie er weiter existieren sollte, ohne Delia.

Er half Delia aus dem Overall heraus und sie glaubte, er wolle sie ins Badezimmer gehen lassen. Ihre feinen Antennen hatten sofort wahrgenommen, dass etwas an diesem Morgen anders war als sonst, aber sie vermochte es nicht einzuordnen.

«Hier, zieh dich an. Ich fahre dich nach Hause. Komm bitte runter, wenn du fertig bist.» Aus seiner Stimme klang Resignation, und er gab sich keine Mühe, diese zu verbergen.

Sie verstand kein Wort. Irritiert blieb sie wie angewachsen stehen und schaute auf die Bügel mit ihrer Kleidung, die er ihr über den Stuhl gelegt hatte. Sie schienen nicht ihr zu gehören, und doch erkannte sie die blassgelbe Bluse und die dunkelblaue Stoffhose wieder, die sie an jenem Abend getragen hatte, der alles verändern sollte.

Lennart hatte den Wagen aus der Garage gefahren, als Delia hinunterkam, und auf der gepflasterten Einfahrt geparkt. Er hielt ihr die Autotür auf. Dann umrundete er den Wagen, nahm Platz und startete schweigsam. Delia warf einen Blick zurück. Zum ersten und gleichzeitig letzten Mal musterte sie prüfend das schmucke, in zartem Gelb gestrichene Einfamilienhaus. Ein moderner, geschmackvoller Bau mit großem gepflegtem Garten. Ein Traum für eine Familie mit Kindern, aber zu groß für einen einzelnen Menschen. Mit bitterem Bedauern wandte sie den Blick nach vorne und sah starr geradeaus, bis sie ankamen.

Kapitel 17

Die Wohnung war nach sechs Wochen Abwesenheit irgendwie fremd. Wie ein Hotelzimmer, das ordentlich und aufgeräumt und dabei ein wenig steril wirkt, wo die persönliche Note des Bewohners fehlt.

Delia wanderte unentschlossen durch die Zimmer, Küche, Bad. Alles war geputzt, gesaugt, kein Staubflöckchen. Sogar die Blumen waren gegossen. In den größeren Kübeln steckten gläserne Kugeln zur Selbstbewässerung, wie Delia sie sich schon lange gewünscht, aber niemals selbst geleistet hatte.

Sie zog ihre Schuhe aus, ließ sie achtlos irgendwo mitten im Zimmer stehen. Dann fiel ihr Blick auf den Blumenstrauß. Lennart hatte ihr auf den Couchtisch ein großes Bouquet roter Rosen gestellt, mitten darin eine einzelne schwarze. Sollte diese ihn selbst symbolisieren, seine schwarze Seele?

Delia nahm vorsichtig die Karte in die Hand, die an die Vase gelehnt war. Es stand nur ein einziges Wort darauf: *Verzeihung.* Sie drehte sie um. Lennart hatte lange nachgedacht, ehe er mit seiner markanten, schwungvollen Handschrift die wenigen Sätze niedergeschrieben hatte, aber das ahnte Delia nicht.

Nichts von dem, was dort stand, rührte im Moment ihr Herz. Sie war durcheinander, fühlte sich weggestoßen und nutzlos. Wochenlang hatte sie an nichts anderes gedacht, als wieder frei zu sein. Doch das Glücksgefühl, das sie nun hätte empfinden müssen, wollte sich partout nicht einstellen. Eine große Leere erfüllte sie. War das Erlebte vielleicht doch nicht so schlimm gewesen? Es gab auch schöne Momente – oder verschob sich mit ein paar Stunden Abstand bereits das Empfinden für die Realität?

«Liebste Delia. Es tut mir leid. Ich hoffe, du verzeihst mir. Lennart – P.S.: Ich liebe dich. Aber ich verstehe jetzt, dass ich deine Liebe nicht erzwingen kann.»

Na, wenigstens das hatte er begriffen, dachte Delia nüchtern. Für einen Augenblick fühlte sie wieder die Wut in sich aufsteigen, die sie aufrecht gehalten hatte, unausgelebte Wut, und am liebsten hätte sie die betörend duftenden Blumen genommen und in den Müll befördert. Aber – was konnten die Blumen dafür, dass Lennart so ein unglaublicher Idiot war? Warum hatte er sie nicht klassisch umworben, war mit ihr ausgegangen, hatte sie verwöhnt? Sie wäre seinem Charme bestimmt erlegen und wäre viel eher bereit gewesen, seine Wünsche zu erfüllen.

Delia wandte sich ab und flüchtete aus dem Zimmer. Ein Schmerz begann sich zu regen, den sie jetzt nicht fühlen wollte. Die Sehnsucht nach dem anderen Lennart, der zärtlich und sinnlich sein konnte, der ihrem Körper das Gefühl gab, begehrt zu werden, der ihn zu Vibrationen trieb, die sie zuvor noch nie erlebt hatte.

War das wirklich ihre Wohnung, ihr Zuhause, in dem sie seit dreieinhalb Jahren lebte? Delias Analyse war nüchtern. Nachdem Martin ausgezogen war, hatte sie die Wohnung teilweise neu möbliert und umgeräumt, das Wohnzimmer in einem kitschigen Rosé gestrichen und willkürlich bunte Bilder an die Wände gehängt, um sie zu *ihrer* Wohnung zu machen. Aber im Augenblick empfand sie dies nicht. Es war ohne Bedeutung und es war geschmacklos. Wahrscheinlich wäre es sinnvoll, alles zu überdenken und einen Neuanfang zu machen. Mit Farben und einer Einrichtung, die wirklich zu ihr passten. Oder sogar mit dem Umzug in eine andere Wohnung, an der keine Erinnerungen hingen. Auch nicht die Erinnerung an die Entführung.

War es denkbar, dass sechs Wochen alles veränderten? Als sie sich von der Überraschung, dass er sie gehen ließ, erholt hatte, hatte sie sich tatsächlich eingebildet, sie könne alles von sich abschütteln. Aber stattdessen fühlte sie sich leer, schrecklich leer, wusste überhaupt nicht, was sie jetzt machen sollte. Der Gedanke, in zwei Tagen in die Arbeit zurückzukehren und so zu tun, als sei sie sehr krank gewesen, psychisch krank, war schlichtweg absurd. Leise seufzte sie vor sich hin und schlenderte weiter.

Auf dem Küchentisch stapelte sich die Post, ordentlich sortiert nach privaten Briefen, Rechnungen, Zeitschriften, Werbung. Alle Briefe außer der Post mit eindeutig privatem Inhalt waren aufgeschlitzt. Auf dem Stapel der Kuverts mit den Rechnungen klebte ein türkisfarbenes Post-it: *Bezahlt. Du bist mir nichts schuldig.*

Daneben lagen drei Fotokopien von den Attesten, die Lennart an ihre Arbeitsstelle geschickt hatte und obendrauf ihre Krankenkassenkarte. Erneut regte sich Verärgerung in Delia, als sie das Fachgebiet des Arztes las: *Psychiatrische Praxis Dr. B.* Auch darauf war ein Klebezettel angebracht: *Sorry. Am besten sagst du, du hattest ein Burn-out-Syndrom, falls dich jemand fragt.* Ausgebrannt? Genauso fühlte sie sich jetzt. Es würde ihr folglich nicht schwerfallen, die kaum Genesene zu spielen!

Bitterkeit stieg in ihr auf. Warum hatte er das getan? Hatte er auch nur den Funken einer Ahnung, wie sehr sie das in ihrer Position in Schwierigkeiten bringen konnte? Zeitungen – sie musste unbedingt über das Wochenende Zeitungen lesen, um auf dem Laufenden zu sein. Die Aktienmärkte. Wie hatten sie sich entwickelt? Unschlüssig strich ihre Hand über den Stapel der Wochenendzeitungen und Börsenfachblätter, die er ihr besorgt hatte. Selbst daran hatte er gedacht. Er dachte immer an alles. Aber es stimmte sie nicht dankbar. Warum hatte er sie nicht einfach in Ruhe gelassen?

Nichts fehlte. Selbst der Brotkasten und der Kühlschrank waren mit den wichtigsten Grundnahrungsmitteln aufgefüllt, und auf dem Fensterbrett standen drei Töpfchen mit frischem Basilikum, Schnittlauch und Oregano, daneben eine Schale mit knackigen, leuchtend roten Eiertomaten.

Nichts war unaufgeräumt oder unsauber. Es gab nichts für sie zu tun. Nichts, womit sie sich hätte ablenken können.

Sie kehrte ins Wohnzimmer zurück, schaltete den Fernseher ein, aber die Bilder flirrten an ihr vorbei, ohne dass sie diese wahrnahm. Ihr Kopf war wie tot. Ihre Gedanken waren nur Fetzen. Sie war ausgeblutet, nur noch ein Zombie ihrer selbst. Ein Teil von ihr war bei ihm zurückgeblieben.

Irgendwann schlief sie ein. Als sie aufwachte, war Sonntag. Sie hatte also noch diesen einen Tag, wieder zu sich selbst zu finden, über eine passende Erklärung für die Kollegen nachzudenken. Morgen würde sie wieder arbeiten gehen. Arbeiten? Was war das doch gleich wieder?

Sollte sie nicht besser zur Polizei gehen und Lennart anzeigen? Vielleicht würde er dasselbe Spiel mit einer anderen Frau treiben? Aber wenn sie es genau bedachte, hatte er ihr nichts getan. Nicht wirklich. Außer – dass er ihr sechs Wochen lang ihre Freiheit geraubt und sie nach Belieben gevögelt hatte. Aber war das wirklich gegen ihren Willen geschehen? Er hatte sie nicht vergewaltigt, er hatte ihren Körper in Schwingungen versetzt, die sie vermissen würde.

Sie brachte die Kraft nicht auf, hinzugehen und den Polizisten alles zu schildern. Dann hätte sie auch erzählen müssen, wo und wie sie ihn kennen gelernt hatte, und das war ihr zu peinlich. Nein, ein entschiedenes Nein. Sie wollte versuchen zu vergessen. Aber es würde schwerfallen.

Spät am Abend überwand sie sich und rief Sabrina an. Mit wenigen nüchternen Worten erklärte sie ihr, was geschehen war, ehe Sabrina zu Wort kam. Ihre Freundin war für einen Augenblick sprachlos. Das war doch wohl ein schlechter Scherz! Aber Delia würde niemals solche schlechten Scherze machen. Außerdem zitterte ihre Stimme und sie musste immer wieder mal in ihrer Schilderung innehalten, um ihre Nase zu putzen.

«Warte, ich komme zu dir. In einer halben Stunde bin ich da!»

Aber Delia lehnte ab. Sie wollte niemanden sehen, nicht einmal Sabrina. Nur reden. Auch Sabrinas Drängen, sie müsse Lennart wegen Entführung und Freiheitsberaubung anzeigen, lehnte sie entschieden ab. Ihre Gründe leuchteten Sabrina ein. Delia müsste fremden Menschen schildern, was Lennart mit ihr gemacht hatte und wie sie durch selbst verschuldeten Leichtsinn überhaupt erst in diese Situation gekommen war. Trotzdem machte Sabrina sich Sorgen.

«Du solltest einen Psychologen aufsuchen! Du brauchst Hilfe!», sagte sie.

«Nein, danke. Das stand schon auf meinem Krankenschein! Ich brauche keinen Seelenklempner, ich schaff das schon!»

Eine kurze Pause trat ein. Dann erzählte Sabrina ihr von der Postkarte, und in diesem Augenblick bestätigte sich für Delia wieder, wie raffiniert Lennart vorgegangen war. Er hatte sogar Delias Unterschrift gefälscht oder fälschen lassen, jemanden bestochen, der an ihrer Stelle die Karte aus Australien schickte, vielleicht eine Stewardess oder einen Touristen. Sogar Sabrina hatte sich davon täuschen lassen.

Erneut drängte sie die Freundin, ihn anzuzeigen. Sie würde mitkommen. Doch Delia lehnte entschieden ab. Es gab für sie noch mehr Gründe, aber es waren Gründe, die Sabrina entrüsteten. Wie konnte Delia nur einen einzigen Gedanken daran verschwenden, dass eine Anzeige Lennarts Karriere zerstören würde, nach allem was er ihr angetan hatte? Nur die Begründung, dass eine Aussage vor Polizei und Gericht zu demütigend für Delia sein würde, akzeptierte Sabrina missmutig.

Lennart saß hinter seinem Schreibtisch, handlungsunfähig, kraftlos. Er hatte seiner Sekretärin gesagt, er wäre nicht zu sprechen, für niemanden, schließlich waren sie die letzten Wochen auch ohne ihn ausgekommen. Termine würde er frühestens Ende der Woche wahrnehmen. Sie hatte erstaunt die Augenbrauen hochgezogen, aber nichts erwidert. Seit sie für Kerner arbeitete, und das waren immerhin schon fünf Jahre, hatte sie ihn noch nie in einem solchen Zustand erlebt. Rein äußerlich schien alles in Ordnung zu sein. Er sah gepflegt aus wie immer, aber sein Blick schien durch sie hindurchzugehen, und in seiner Stimme lag eine Bitterkeit, für die es einen tieferen Grund geben musste.

Seine Gedanken drehten sich nur noch um Delia. Geistesabwesend hatte er an dem kurzfristig anberaumten Kanzleimeeting teilgenommen, bei dem ihm seine Mitarbeiter berichteten, welche Fälle sie in den vergangenen Wochen verloren oder gewonnen hatten. Er nahm das verhaltene Kopfschütteln und die fragenden Blicke nicht wahr, die seine Angestellten sich zuwarfen. Ihr Chef wirkte alles andere als erholt, war ungewöhnlich schweigsam, und die höflichen Nachfragen, wie es im Urlaub gewesen wäre und was er gemacht hätte, hatte er ausweichend und unbestimmt beantwortet. Irgendetwas musste passiert sein. Aber keiner traute sich zu fragen was. Kerners dominante Ausstrahlung wirkte auch auf sie einschüchternd.

Schließlich bedankte sich Lennart bei allen für ihr verantwortungsbewusstes Arbeiten und schickte sie hinaus, ohne die Ergebnisse näher zu kommentieren. Lange Zeit saß er unbeweglich dort, wie gelähmt. Er wusste nicht einmal, ob er noch atmete. Irgendwann fand er sich an seinem Schreibtisch wieder. Er erinnerte sich nicht mehr, wann er aufgestanden war und das Zimmer gewechselt hatte. Noch nie hatte er sich so desorientiert gefühlt. Selbst die Vertrautheit seines Büros hatte Risse bekommen.

Eigentlich wartete er jetzt nur noch darauf, dass seine Sekretärin hereinkäme, um ihm mitzuteilen, dass die Polizei da wäre und ihn sprechen wolle. Er würde sich nicht herausreden. Eigentlich müsste er überlegen, wem er die Kanzlei übergeben sollte. Wer wäre in der Lage, alles zu retten und die Geschäfte weiter zu führen, wenn bekannt würde, dass ausgerechnet er, der hochgeschätzte Anwalt, eine Straftat begangen hatte. Er hatte Delia unterschätzt. Das war unverzeihlich. Sie war selbstbewusst. Sie war stark. Sie würde ihn anzeigen und er konnte es ihr nicht einmal verübeln. Er verdiente nichts anderes.

Es gab keine Rechtfertigung.

Stunden vergingen. Jemand klopfte, seine Sekretärin Evelyn schaute herein. Für einen Augenblick beschleunigte sich sein Puls. Es war so weit. Sie kamen, um ihm der Form halber seine Rechte vorzulesen und ihn mitzunehmen! Die nächsten Monate würde er in Untersuchungshaft verbringen. Vielleicht kam er auf Kaution frei. Das würde der Untersuchungsrichter bestimmen. Aber gerade gegenüber Leuten wie ihm, die einen lupenreinen Leumund besaßen und diesen dann von einem Tag auf den anderen befleckten, zeigte man keine Nachsicht. Doch dann fragte ihn Evelyn lediglich, ob er noch etwas bräuchte, ansonsten würde sie jetzt nach Hause gehen. Lennart sank zurück an die hohe Lehne seines Bürostuhls, antwortete mechanisch, dass er ihr einen schönen Abend wünsche, dann war er wieder allein.

Nach und nach verstummte die Geschäftigkeit in der Kanzlei. Draußen war der Abend hereingebrochen. Es regnete. Er hörte, wie der Regen gegen die Fensterscheiben seines Büros prasselte. Draußen im Vorzimmer sirrte für kurze Zeit das Faxgerät. Allmählich wurde es auch in seinem Zimmer dunkel. Nur der Schein der Straßenlaternen vor seinem Fenster verbreitete gerade so viel Licht, dass die Umrisse der Möbel zu erkennen waren und sich die Bilder von den Wänden abhoben, Fotos seiner Urlaubsreisen nach Mexiko und Argentinien, auf die er besonders stolz war. Steile Berghänge, wilde Landschaften, kleine armselige Dörfer, üppige Kirchenfassaden, Gauchos mit ihren Rinderherden, Indios in bunter Kleidung – eine bunte Mischung aus Reich und Arm, ursprünglichen Flächen und Feldern, die in vollem Korn standen, Natur und Architektur mal im Einklang und mal im Widerspruch, wie die Menschen, die dort lebten.

Lennart war eingeschlafen. Als er aufwachte, fühlte er sich steif. Offensichtlich war sein Kopf irgendwann nach vorne gesunken. Er rieb sich den schmerzenden Nacken und stand auf, um nach Hause zu fahren und ein paar Stunden zu schlafen.

Im Laufe des nächsten Tages zwang er sich, die aktuellen Prozessakten zu lesen. Mit der morgendlichen Dusche hatte er die Lethargie abgewaschen, die ihn auf ungewohnte Weise gelähmt hatte. Ab diesem Zeitpunkt stürzte er sich wie ein Besessener in die Arbeit, und es gelang ihm, sich von seinem Schmerz abzulenken. Doch die Abende blieben furchtbar. Er ging hinauf in die Dachkammer, drückte seine Nase in das Kissen, auf dem Delia geschlafen hatte und bildete sich ein, ihren unnachahmlichen Duft einzuatmen.

Er verstand nicht, warum sie ihn nicht angezeigt hatte, aber er war ihr unendlich dankbar dafür. Von Tag zu Tag glaubte er weniger, dass sie es doch noch tun würde. Sie war großherziger, als er es verdiente, und er nahm sich vor, nie wieder einen Menschen in dem Maße beherrschen zu wollen, wie er es vorgehabt hatte, obwohl er sich nicht sicher war, ob er dieses Bedürfnis auf Dauer unterdrücken konnte. Er hatte immer geglaubt, es wäre ihm nur darum gegangen, von einer Frau geliebt zu werden, bedingungslos und demütig geliebt zu werden, damit er ihr seine ganze Zärtlichkeit schenken konnte. Aber es ging um viel mehr. Er kostete das Gefühl der Macht aus, es berauschte und erregte ihn, wenn Delia ihn ein wenig verängstigt und unterwürfig, gepaart mit Trotz und Eigensinnigkeit, anschaute, die ihn zu einer Züchtigung oder anderen Maßnahmen der Unterdrückung herausforderten. Aber es war vorbei. Er hatte das Spiel verloren. Das Leben aber ging weiter. Irgendwie. Wenngleich nichts mehr wie vorher sein würde. Nie mehr.

Die folgenden Tage waren eine Qual. Die Kolleginnen und Kollegen begrüßten Delia wie jemanden, der aus einer psychiatrischen Anstalt entlassen worden ist. Sie erkundigten sich zwar freundlich nach ihrem Befinden, doch die Art und Weise, wie sie ihr begegneten, hatte etwas Künstliches und Zurückhaltendes an sich. Sie fühlte sich auf unangenehme Weise auf Schritt und Tritt beobachtet. Aber bald schlugen die Wogen des täglichen Stresses über ihr zusammen und die Lage normalisierte sich. Man vergaß, dass sie wochenlang gefehlt hatte.

Abends, wenn sie alleine an ihrem Küchentisch aß, lustlos ein Fertiggericht in sich hineinstopfte oder durch die Kanäle des Fernsehprogramms zappte, vermisste sie die Gespräche mit Lennart, seine Zärtlichkeiten, seine Fürsorge. Er hatte sich in den letzten gemeinsamen Tagen wirklich Mühe gegeben, das miserable Bild, das sie von ihm gewonnen hatte, zu tilgen. Und es wäre ihm möglicherweise sogar gelungen. Bei dem bloßen Gedanken, seine Hände auf ihrem Körper zu spüren, wie sie zärtlich, aber auch erbarmungslos alles erkundeten und in Besitz nahmen, wurde ihr heiß. Aber dann hatte er sie auf einmal nach Hause gebracht und sie verstand immer noch nicht, warum. Die wiedergewonnene Freiheit hatte einen schalen Beigeschmack.

Die ganze darauffolgende Woche arbeitete Delia mechanisch wie ein Roboter, ging mechanisch zu Bett, stand mechanisch auf. Freitagabend genehmigte sie sich ein Glas Wein und versuchte bewusst nachzudenken. Dann nahm sie ein Blatt Papier und fertigte eine Liste an: links die Vorteile, rechts die Nachteile, die ihr aus der Begegnung mit Lennart entstanden waren.

Sie versuchte sich an Äußerungen zu erinnern, an Details, an Gründe, warum er sich in gewissen Situationen so und nicht anders verhalten hatte. Und dann erschien ihr sein Entschluss, sie freizugeben, auf einmal völlig logisch. Er liebte sie wirklich. Er hatte sie aus Liebe freigelassen. Jetzt wusste sie endlich, was sie zu tun hatte.

Schlaftrunken schnappte Lennart sich seinen Morgenmantel und tappte die Treppe hinunter. Wer um alles in der Welt klingelte am Samstagmorgen um sechs Uhr Sturm und jagte ihn aus dem Bett? Er hoffte für diesen jemand, dass er gute Gründe hatte.

Delia trat nervös von einem Bein auf das andere. Wenn er nun gar nicht zu Hause, sondern über das Wochenende weggefahren war? Oder sie falsche Schlüsse gezogen hatte und er sie doch nicht liebte? Da hörte sie seine Schritte die Treppe hinunterkommen und die Tür ging auf.

Lennart schaute sie nur an, sprachlos, irritiert. Er hatte alles Mögliche erwartet, jedoch nicht Delia. Die vergangenen zwei Wochen waren grauenvoll gewesen. Er hatte sich noch nie so entsetzlich allein gefühlt. Liebeskummer, Herzschmerz – das war etwas, was er schon lange nicht mehr erlebt hatte. Es war schrecklich. Er konnte damit nicht umgehen. Nur die Arbeit lenkte ihn ein wenig ab. Wenn er nicht zu feige gewesen wäre, hätte er sich wahrscheinlich auf irgendeine Weise umgebracht. Das Leben war nicht lebenswert ohne sie. Aber er war selber schuld, und deswegen musste er auch weiter leben und leiden. Es geschah ihm recht so. Er wusste, er hatte alles vermasselt, aber er wusste nicht, wie es in Zukunft weitergehen sollte. Sein bis dahin sorgsam geordnetes Leben war aus den Fugen geraten. Völlig.

Delia wirkte alles andere als glücklich, sie sah übernächtigt, in seinen Augen aber trotzdem bezaubernd aus. Ein stilles Lächeln lag auf ihren rot geschminkten Lippen.

Endlich fand er seine Fassung wieder und sagte: «Hallo, guten Morgen, Delia. Möchtest du nicht hereinkommen?»

Erst jetzt fiel sein Blick auf ihr Gepäck, zwei große Koffer, die links von ihr standen. Er schluckte angespannt.

«Was ...?»

«Wir sollten noch mal ganz von vorne anfangen. Vollkommen neu beginnen. Wenn du willst, Lennart.»

Lennart war so perplex, dass er automatisch nickte. Das konnte nicht sein, in seinem Kopf setzte ein Summen ein. Es war undenkbar, nach allem was geschehen war. Sie gab ihm eine Chance? Sein Puls beschleunigte sich.

Delia rang sich ein intensiveres Lächeln ab. Sie hätte nicht vermutet, dass dieses Angebot ihn sprachlos machen würde. Sie musterte sein Gesicht. Er sah schlecht aus, abgespannt, mit leichten Schatten unter den Augen. Diese plötzliche Erkenntnis wirkte sich beruhigend auf sie aus. Es war ihm also nicht besser gegangen als ihr. Schlaflose Nächte, rotierende Gedanken im Kopf, Verzweiflung ob der Hoffnungslosigkeit der Lage.

«Wir müssen miteinander reden. Ich würde tatsächlich gerne hereinkommen. Und ich würde gerne bleiben, aber nicht nur als deine Sklavin, sondern als deine Sklavin *und* Geliebte.» Sie machte eine Pause, sah ihn ernst und prüfend an, ob ihre Worte bei ihm angekommen waren. «Wenn du mich noch haben willst! Ich gestehe, ich habe dich vermisst. Und ich will es mit dir probieren – trotz allem. Aber glaube ja nicht, dass ich alles hinnehmen werde!» Sie holte tief Luft. «Ich erwarte Fairness und eine respektvolle Behandlung!»

Lennarts Miene entspannte sich in ungläubigem Staunen. «Alles was du willst!», erwiderte er heiser. Seine Stimme versagte auf einmal ihren Dienst. Nicht nur seine Stimme. Er hatte das Gefühl, seine Knie würden gleich nachgeben. Noch nie hatte er sich so gelähmt gefühlt. Er war es gewohnt zu entscheiden, zu bestimmen, seinen Willen durchzusetzen – in gewissem Sinne tat er dies immer noch, wenn er sie nun hereinbat, aber andererseits würde sie auch ihre Wünsche einbringen, und er gestand sich ein, dass ihm dieser Gedanke gefiel.

Warum ließ er sie nicht endlich herein? War er noch unentschlossen? Nein. Delia sah es an seinem Blick. Er war einfach immer noch viel zu überrascht, dass sie bereit war, es noch einmal mit ihm zu probieren.

«Ich werde ... versuchen, dir zu – gehorchen, aber ich erwarte, dass du meine Gefühle und meine Individualität respektierst!» Die Worte kamen ihr nun stockend von den Lippen. Auf einmal fühlte sie sich wieder von seiner Aura gefangen und wurde von einer merkwürdigen Kraftlosigkeit überfallen. Am liebsten hätte sie sich vor ihm hingekniet und ihn angefleht, sie zu lieben.

Langsam, ganz vorsichtig, als könnte er sie erschrecken und sie würde davonlaufen, streckte er seine Hand aus und streichelte über ihre Wange. In ihren Augen schimmerte der Glanz der absoluten, bedingungslosen Hingabe. Es war unfassbar für ihn, nach allem, was er ihr angetan hatte, war sie bereit, ihn zu lieben. Und noch mehr. Auf seine Wünsche einzugehen und sich zu unterwerfen.

«Du bist die unglaublichste Frau, die mir jemals begegnet ist. Und ich verspreche dir, ich werde alles, wirklich alles tun, damit du glücklich wirst und bei mir bleibst!» Er schluckte nervös. «Ich nehme deine Bedingungen an.»

Dann beugte er sich zu ihr herunter und gab ihr einen zarten erwartungsvollen Kuss auf ihre rot geschminkten Lippen. Als er sie in die Arme nahm, geschah dies mit der einfühlsamen Bestimmtheit, die sie an ihm liebte. Es war ihr, als ob ihr Körper für die Berührung durch Lennart gemacht wäre, diesen einzigartigen unverständlichen Mann. Er war der Meister, der auf diesem Instrument virtuos zu spielen verstand.

Lennart merkte erst, dass ihm Tränen über sein Gesicht liefen, als sie seinen Kuss erwiderte, hungrig seinen Mund in Besitz nahm und das Salz seiner Tränen von seinen Lippen leckte …

Danksagung

Die Irrwege der Suche nach einem mutigen Verleger für meine schriftstellerischen Ideen haben mich zu Andreas Reichardt und Ubooks geführt. Ich sage an dieser Stelle von Herzen *Danke* für das in mich gesetzte Vertrauen und diese Erstveröffentlichung.

Die gesamte Zusammenarbeit verlief traumhaft. Ich durfte meiner Fantasie und Delias Gefühlen freien Lauf lassen. Das Lektorat war hervorragend und merzte gekonnt die Fehler aus, über die man als Autorin irgendwann einfach großzügig hinwegliest.

Bleibt nur noch eines: ich wünsche den Leserinnen und Lesern gute Unterhaltung!

Danke.
Sira Rabe

DER TITEL IST PROGRAMM

Cosette
Lust
Zwei Erotikgeschichten

Erschienen Oktober 2007
ISBN-10: 3-86608-063-8
ISBN-13: 978-3-86608-063-8

Taschenbuch
13,5 x 21 cm, 128 Seiten

VK: 13,90 Euro

LUST

Die Erforschung der Lust – Mayra sucht händeringend einen Job. Bei einem ihrer Einkäufe wird sie von der sympathischen Leah Moning zur Teilnahme an einer Studie zur Erforschung der Lust überredet. Schon am nächsten Morgen erwacht Mayra in einem Institut und kann sich nicht einmal daran erinnern, wie sie an diesen Ort gekommen ist. Die Türen sind verriegelt, vor den Fenstern befinden sich Gitter. Die Mitarbeit an dem Projekt hatte sich die Probandin anders vorgestellt ...
Die Sekte der Lust – Die Erforschung der Lust ist abgeschlossen und Leah steht auf der Straße. Ohne Job, dafür sexsüchtig geht sie zu einem Treffen der Anonymen Nymphomanen. Doch Leahs Sucht wird durch die Therapiestunden vergrößert. Ihr kommen Zweifel an der Institution und sie versucht, der Wahrheit auf den Grund zu gehen. Doch die Sekte der Lust hat ihre Augen überall.

«Die Novellen triefen vor Erotik. Hier kommt der Leser voll auf seine Kosten.»
Amazon

GENIALER SM-ROMAN

Cosette
Sklavin in Gefahr
Spannender SM-Roman

2. Auflage erhältlich
ISBN-10: 3-86608-048-4
ISBN-13: 978-3-86608-048-5

Taschenbuch
13,5 x 21 cm, 152 Seiten

VK: 13,90 Euro

SKLAVIN IN GEFAHR

Die devote und stark masochistische Vicky fährt mit ihrem Herrn in die verschneiten Rocky Mountains, um ihre Erziehung fortzuführen und Grenzen auszuloten. SM ist noch recht neu für die junge Frau, aber sie spürt schon früh, dass Demütigung und Schmerz sie erregen wie nichts zuvor.
Doch schon auf dem Weg zu der abgelegenen Hütte fragt ihr Herr sie über den mysteriösen Tod ihrer besten Freundin Clara aus, angeblich, damit Vicky sich ihm ganz öffnet, denn der unaufgeklärte Mord ist Vickys wunder Punkt. Er duldet keine Geheimnisse, versteckt sich jedoch selbst hinter der Maske des Meisters. Immer mehr Hinweise tauchen auf, dass sein Motiv für den Trip in die Berge nicht nur Vickys Erziehung ist ...

«Cosette hat [...] mit ‚Sklavin in Gefahr' einen SM-Roman hingelegt, der innerhalb der SM-Szene Klassiker-Potential haben dürfte.» **mon-boudoir.de**

EROTIK

DEMÜTIG

WAS MIT DEVOT BEGANN ...

Cosette erfreut die Leser wieder mit Kurzgeschichten rund um das Thema Erniedrigung, Demütigung und Züchtigung. Ihre SM-Geschichten klingen reifer, die Szenarien heißer und der Genuss ist für die Autorin und Leser gleichermaßen Maxime.
Auch in diesem Kurzgeschichtenband entführt Cosette den Leser in historische, fantastische und zeitgenössische Welten.
Und alle, die sich bei «Devot» fragten, was aus Topaz L'Esclave wurde, finden in Cosettes neuestem Werk die lang ersehnte Antwort!
Insgesamt sieben Geschichten beweisen eindrücklich, dass Cosette zu den besten zeitgenössischen SM-Autorinnen gehört. Kaum eine versteht es so geschickt wie sie, einen spannenden Plot und abgründige Fantasien zu einer in höchstem Maße erregenden Geschichte zu verquicken.

«Demütig» ist der lang erwartete Nachfolger des Bestsellers «Devot», der es 2006 in die Top 30 der meist verkauften Erotikbücher bei Amazon geschafft hat.

«Sieben Geschichten, die den Leser zum sündigen Voyeur machen! Und man kann nicht aufhören zu lesen!»

«Auf hohem sprachlichen Niveau fackelt Cosette ein Feuerwerk der SM-Versuchungen ab. Genial!»

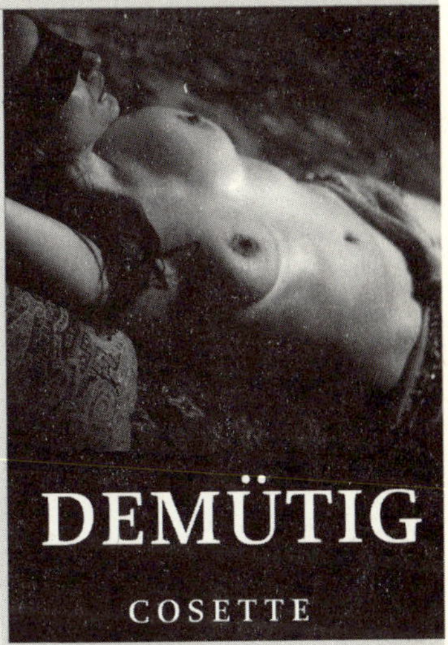

9 783866 080645

Erschienen Feb. 2008
ISBN-10: 3-86608-064-6
ISBN-13: 978-3-86608-064-5

Cosette
Demütig
Heiße SM-Erzählungen

Taschenbuch
VK: 13,90 Euro
13,5 x 21 cm, 144 Seiten

DEVOT

NEUAUFLAGE DES KLASSIKERS

Cosette nimmt in ihrem ersten Buch kein Blatt vor den Mund, egal ob sie ihre devot-masochistische Leidenschaft in lustvolle Geschichten oder tiefgründige Gedichte verpackt. Die Autorin nennt die Dinge beim Namen, taucht ein in die Faszination der Ekstase, die sich ihre Heldinnen erst durch Demut und Schmerz erarbeiten müssen.
Erbarmungslos treibt Cosette die Heldinnen durch die Hölle, um sie dann durch einen Höhenflug in den Himmel zu heben.

«Phantasievoll und ordentlich devot.» **lustwandel.de**

«Die Kurzgeschichten sind ein Genuss für Geist und Lenden – einfühlsam und authentisch.» **Schlagzeilen**

«Der Titel ist Programm!» **Dark Spy**

«Ein wahrer Leckerbissen erotischer Literatur der etwas anderen Art, der aber Lust macht auf mehr.» **gothicparadise.de**

9 783866 080225

3. Auflage erhältlich
ISBN-10: 3-86608-022-0
ISBN-13: 978-3-86608-022-5

Cosette
Devot
Heiße SM-Geschichten

Taschenbuch
VK: 13,90 Euro
13,5 x 21 cm, 128 Seiten

EROTIK

NEU IM PROGRAMM

Ednor Mier
Janusliebe
Die Liebe hat immer zwei Gesichter

1. Auflage ab Juni 2008
ISBN-10: 3-86608-084-0
ISBN-13: 978-3-86608-084-3

Taschenbuch
13,5 x 21 cm, 160 Seiten

VK: 13,90 Euro

JANUSLIEBE

Die Liebe hat immer zwei Gesichter, manchmal sogar mehr. Das muss auch Carry einsehen, die mehr durch Zufall als bewusst in Lawrence M. Carsons Büro landet und dort plötzlich zu arbeiten beginnt.
Damit löst sie eine Serie mysteriöser Vorgänge aus, die Carry schließlich beinahe um den Verstand und sogar in Lebensgefahr bringen ...

Ednor Mier veröffentlichte bereits einige erfolgreiche Romane und legt mit Janusliebe nun ihren ersten Roman bei Ubooks vor. Ihr sinnlicher Stil zu schreiben und die geradezu lüsternen Szenarien durchziehen das Buch und oftmals ist vor allem der Leser der Gefesselte.

«Wunderbar erotisch und ungeheuer spannend!»

«Die erotischen Szenen sind mit viel Einfühlungsvermögen und nicht ohne eine gewisse voyeuristische Begabung geschrieben! Eingebettet in eine packende Handlung ist Janusliebe ein Fest!»

HEISS UND ABGRÜNDIG

Eurydike
Die Gier der Fremden
Sie entdeckt die Abgründe der Lust

Erschienen Apr. 2008
ISBN-10: 3-86608-080-8
ISBN-13: 978-3-86608-080-5

Taschenbuch
13,5 x 21 cm, 128 Seiten

VK: 13,90 Euro

DIE GIER DER FREMDEN

Die Fremde ist in Claras Kopf und sie hat Lust an der Erniedrigung. Nur zu gerne lässt sie sich demütigen, benutzen und versklaven, doch Clara folgt nur widerwillig den Wünschen der Fremden.
Doch Clara weiß, wer die Fremde ist, und als sie schließlich ihrem Freund von den Träumen und Wünschen beichtet, die sie plagen, hat sie die wichtige Grenze zwischen Gedanken und Taten bereits überschritten.
Ihr Freund gewährt ihr Züchtigung und Erziehung durch den geheimnisvollen Eric, der sich dieser Aufgabe nur zu gerne annimmt. So befindet sich Clara auf einem Weg zu Unterwerfung, Demut und lustvollem Leiden, wie sie es sich in ihren kühnsten Träumen nicht vorgestellt hatte.

Eurydike begibt sich mit diesem Buch auf die Spuren de Sades und erforscht die Hingabe und Unterwerfung einer Frau. Gekonnt balanciert sie dabei zwischen lustvollen, prickelnden Szenarien und einem a(nti)-moralischen Experiment, das de Sade sicherlich ein befriedigtes Lächeln abgerungen hätte.

«Eine schonungslose Offenlegung der Gedankenwelt einer Frau, die sexuell dominiert werden will und der Folgen!»

«Reiht sich problemlos in die Ubooks-Erotikreihe ein! Ein Genuss.»

EROTIK

HOCHZEIT DER SKLAVIN

Constanze O. Wild
Hochzeit der Sklavin
Explizites SM-Tagebuch

Taschenbuch
12 x 18 cm, 128 Seiten
erschienen Aug. 2006

ISBN: 3-86608-049-2
ISBN: 978-3-86608-049-2

VK: 12,90 Euro

Constanze berichtet in dem zweiten Teil ihres Tagebuchs von der Zeit vor ihrer Hochzeit mit ihrem Herren. Bizarr & Explizit.

«Wer es auf die harte Tour mag, dem sei es empfohlen.» **Marquis**

DER DUNKLEN TUGEND

Constanze O. Wild
Der dunklen Tugend
Bebildertes SM-Tagebuch

Taschenbuch
12 x 18 cm, 110 Seiten
Erschienen 2005, 3. Auflage verfügbar

ISBN: 3-935798-69-5
ISBN: 978-3-935798-69-3

VK: 12,90 Euro

Eine ehrliche Beichte einer jungen Frau, die das Sklavendasein als Lebensgefühl für sich entdeckt. Hart, ehrlich und extrem.

«Engelsgleich erzählt sie von erlebten Schamlosigkeiten.» **lustschmerz.de**

IN LEDER GEBUNDEN

Arne Hoffmann
In Leder gebunden
SM in der Literatur – unterhaltsam

Taschenbuch
13,5 x 21 cm, 268 Seiten
erschienen Aug. 2007

ISBN-13: 3-86608-078-6
ISBN-13: 978-3-86608-078-2

VK: 18,90 Euro

Auch in den Klassikern der Weltliteratur finden sich SM-Szenarien und Arne Hoffman analysiert die Literatur aufgrund ihres SM-Gehalts. Unterhaltsam & lehrreich.

«Empfehlenswert!» **Schlagzeilen**

DÄMONENPRINZ

Arne Hoffmann
Dämonenprinz
Sexuelle Unterwerfung mal anders

Taschenbuch
13,5 x 21 cm, 152 Seiten
erschienen Sep. 2006

ISBN-13: 3-86608-010-7
ISBN-13: 978-3-86608-010-2

VK: 18,90 Euro

Jeremiah hat gelernt, Frauen mittels Hypnose unter seine Kontrolle zu bringen und zu unterwerfen. Und je besser er wird, desto bizarrer Werden die Wünsche, die er sich erfülllen lässt.

«Spannend & faszinierend.» **Orkus**

MEIN WEG ZUR SKLAVIN

Véronique
Mein Weg zur Sklavin
SM-Tagebuch

Taschenbuch
12 x 18 cm, 120 Seiten
Erschienen Nov. 2005

ISBN-10: 3-86608-021-8
ISBN-13: 978-3-86608-021-8

VK: 12,90 Euro

Véronique ist Sklavin und das mit Leidenschaft. Außerdem teilt sie sich und ihre Erfahrungen gerne mit anderen. In diesem Tagebuch gibt sie ausführlich Einblicke in ihr bewegtes Leben.

«Ein Tagebuch der Sünde. Unterhaltsam» **Amazon Kunde**

MEINE SCHÖNE ...

V.A.
Meine Schöne ...
Die besten Erotik-Storys

Taschenbuch
13,5 x 21 cm, 176 Seiten
Erschienen 2003, 3. Auflage verfügbar

ISBN-10: 3-935798-21-0
ISBN-13: 978-3-935798-21-1

VK: 5,00 Euro
früher: 12,90 Euro

Siebzehn Autorinnen und Autoren schreiben Erotikgeschichten. Mal mit humor, mal spannend und prickelnd, mal lüstern und derb hangeln sich die Protagonisten durch ihre Abenteuer

«Ein lustvolles Buch für unverschämt prickelnde Abende!»

CELEBRITIES

BRAD PITT – DIE BIOGRAFIE

DER STAR MIT ECKEN & KANTEN

Als Brad Pitt das erste Mal ein großes Publikum begeisterte, ahnte noch niemand, dass er einmal einer der wichtigsten Schauspieler unserer Zeit werden würde. Aber von da an ging es Schlag auf Schlag: Von Thelma and Louise über Legends of the Fall, Seven und Fight Club bis hin zu Mr. & Mrs. Smith und nicht zu vergessen die Gaunerkomödien Oceans' 11, 12 und 13.
Heute ist Brad Pitt aus dem Hollywood wie wir es kennen, nicht mehr wegzudenken, seine Filme erregen immer Aufsehen, ganz egal ob kleine Independent-Produktionen oder Blockbuster und immer überragt seine schauspielerische Leistung das Gros der übrigen Darsteller bei weitem.

Brian J. Robb beleuchtet aber auch die private Seite Brad Pitts, zum Beispiel seine Beziehungen mit Juliette Lewis und Gwyneth Paltrow, seine lange Ehe mit Jennifer Aniston und natürlich das Leben an der Seite Angelina Jolies, aber auch, warum er das College verließ, um Schauspieler zu werden. In der vorliegenden Biografie begleiten wir Brad Pitt und erleben die frühen Kämpfe um seinen Platz in Hollywood über seinen aufstrebenden Stern, der mittlerweile heller strahlt, als die meisten Stars der Traumfabrik.

«Die einzige umfassende Biografie auf dem deutschen Markt!»

«Nach dem Lesen glaubt man, Brad Pitt persönlich zu kennen!»

Brian J. Robb
Brad Pitt – Die Biografie
Umfassende Biografie, mit mehr als 100 Fotos

Taschenbuch
15 x 21 cm, 300 Seiten
1. Auflage ab September 2008

ISBN-10: 3-86608-098-0
ISBN-13: 978-3-86608-098-0

VK: 14,95 Euro

9 783866 080980

BRIAN J. ROBB – BRAD PITT

- Die aktuelle Biografie mit allen Filmen bis einschließlich 2010!
- Umfassend und up to date: Von den Anfängen bis zu Brads Hochzeit mit Angelina und den kommenden Filmprojekten
- Mehr als 100 Bilder, viele davon ganzseitig

X

WWW.UBOOKS.DE

Brian J. Robb studierte Film & TV Studies in Glasgow und Journalismus in Cardiff und schrieb bereits zahlreiche Biografien über Schauspieler wie Brad Pitt, Keanu Reeves, River Phoenix, Leonardo DiCaprio und Nicholas Cage. Derzeit ist er der Chefredakteur bei Titan Magazines, wo er unter anderem die Magazine zu Serien wie Lost, Stargate, Smallville sowie das Star Wars Insider Magazine herausgibt.
Seit mehr als zwanzig Jahren ist Robb nun schon Journalist, wobei seine Liebe zum Film durch zahlreiche filmnahe Berufe und Berufungen deutlich werden. So arbeitete er für das British Film Institute, für die Filmfestivals von London und Edinburgh und war Filmkritiker für verschiedene Zeitungen und Radiostationen.

EROTIK

OBSESSION

NEU IM PROGRAMM

Lilian Green war die Überraschung des vergangenen Jahres. Ihr Debüt «Die verbotenen Früchte der Wollust» hält sich seit Erscheinen in den Erotikbestsellerlisten ganz oben und wie Penthouse und weitere Magazine meinen: zu Recht!

Ihre Geschichten sind abgründig, teilweise bizarr und extrem, aber die leichte und geradezu naive Art, in der sie ihr Feuerwerk der Lust abbrennt, macht die Geschichten zu einem unvergleichlichen Lesevergnügen.

In der neuen Sammlung wird aus Wollust auch mal Obsession. Und wieder nimmt sie kein Blatt vor den Mund, schreibt frei von der Seele über Gruppensex, Masturbation, Versklavung, und einigen im wahrsten Sinne des Wortes unerhörten Begebenheiten.

«Lilian Green at its best! Hier lebt sich die Autorin ohne Hemmungen schamlos aus! Beim Lesen wird man rot!»

«Sie kann es einfach! Hocherotisch und gleichzeitig absolut verdorben sind ihre Geschichten wahre Ausgeburten der Geilheit.»

9 783866 080966

Lilian Green
Obsession

Taschenbuch
13,5 x 21 cm, 144 Seiten
1. Auflage ab Oktober 2008

ISBN-13: 978-3-86608-096-6

VK: 13,90 Euro

DIE VERBOTENEN FRÜCHTE DER WOLLUST

Lilian Green ist die Neuentdeckung des Jahres für erotische Geschichten und Erzählungen. Sie ist in der Lage, auf schriftstellerisch hohem Niveau ein Fegefeuer der Lust abzubrennen. Ihre Geschichten wechseln spielend zwischen dem 17. Jahrhundert und der Moderne, zwischen Fantasy und Realität, zwischen Traum und Wirklichkeit, und doch zieht sich durch alle Geschichten ein roter Faden: ihre geradezu abgründige Lust am Besonderen.

«Knisternde Erotik, bizarre (S)Exzesse voller Ausschweifungen!» **Penthouse**

«Das Lesevergnügen nimmt kein Ende!» **Dark Spy**

«Die Autorin jongliert mit abgründigen sexuellen Fantasien, schafft es jedoch, stets sinnlich und sexy zu bleiben. Ein unterhaltsamer, erotischer Lesespaß!» **Gothic-Magazine**

«Ein Tabubrecher, aber ein charmanter. Frau Green schockiert, aber dies frech, stilsicher und mit großem schriftstellerischem Talent.» **literra.info**

Lilian Green
Die verbotenen Früchte der Wollust

Taschenbuch
13,5x21 cm, 144 Seiten
2. Auflage erhältlich

ISBN-10:
3-86608-062-X
ISBN-13:
978-3-86608-062-1

VK: 13,90 Euro

9 783866 080621